抱朴居诗稿

果志京 著

百花洲文艺出版社
BAIHUAZHOU LITERATURE AND ART PRESS

图书在版编目（CIP）数据

抱朴居诗稿 / 果志京著 . -- 南昌：百花洲文艺出版社 , 2023.3

ISBN 978-7-5500-4849-2

Ⅰ . ①抱… Ⅱ . ①果… Ⅲ . ①诗集—中国—当代 Ⅳ . ① I227

中国版本图书馆 CIP 数据核字 (2022) 第 227681 号

抱朴居诗稿
BAO PU JU SHI GAO

果志京　著

责任编辑	许　复
特约编辑	李彦涛
书籍设计	汇文书联
制　作	汇文书联
出版发行	百花洲文艺出版社
社　址	南昌市红谷滩世贸路 898 号博能中心一期 A 座 20 楼
邮　编	330038
经　销	全国新华书店
印　刷	武汉鑫佳捷印务有限公司
开　本	720mm×1000mm　1/16　印张　13.25
版　次	2023 年 9 月第 1 版第 1 次印刷
字　数	160 千字
书　号	ISBN 978-7-5500-4849-2
定　价	88.00 元

赣版权登字　05-2023-294

网址　http://www.bhzwy.com
图书若有印装错误，影响阅读，可向承印厂联系调换。

作者简介

　　果志京，1972年生，北京市房山人，北京诗词学会监事、北京楹联学会常务理事、房山诗词楹联学会副会长、北京曲水兰亭诗社社长、云水诗社社长，曾参与编辑《文脉千载——题咏吴为山写意雕塑》（人民出版社），参与编写《房山大南峪与词人顾太清》（北京燕山出版社）、《作文》第八册上（人民教育出版社）、《文言文精读新编》（首都师范大学出版社），部分诗词收录在《房山文学艺术精品大观·文学卷·诗歌》（中国书籍出版社）中，诗词作品曾在报刊、网络等媒体上发表。

和原北京体育大学副校长、教授、博士生导师田麦久先生合影

中华诗词学会顾问、北京诗词学会书记张桂兴先生为作者颁奖

序

"蜂蝶戏蕊花前落，倦鸟衔云涧底眠。暮色归来寻五柳，微风拂去隐八仙。"这是诗人果志京所作七律《野三坡百里峡一线天》中的颔联和颈联，读来意境悠远，画面清丽，对仗工整，韵味深长。令人反复吟哦，不忍释手。这样的好诗句在果志京的新作《抱朴居诗稿》中，俯拾皆是，不胜枚举。

志京是北京诗词界近年来颇有影响的著名诗人。他于20世纪90年代就读于首都师范大学中文系，毕业后耕耘在教育一线。他忠诚于人民的教育事业，恪职笃学，严于律己，用真情点燃学生的学习热情。他的研究论文多次获国家级、市级、区级一等奖，是中学高级教师。曾获得北京市学生喜爱的班主任、房山区优秀教师、房山区教育系统优秀共产党员。

志京自学生时代起，即喜爱中华诗词，几十年笔耕不辍，用诗词记述着他平凡而多彩的人生。他认真向诗词界名家请教、学习，在创作实践中逐渐形成了自己朴实素雅、清丽飘逸的风格。他积极弘扬中华传统文化，参与编辑出版了《文脉千载——题咏吴为山写意雕塑》(人民出版社)、《云水诗抄一二三卷》《房山诗词楹联选》，参与编写了《房山大南峪与词人顾太清》(北京燕山出版社)《文言文精读新编》(首都师范大学出版社)《房山文学艺术精品大观·文学卷·诗歌》(中国书籍出版社)等专著，他的诗词作品多次发表于《中华辞赋》《北京诗苑》等专业期刊，深受读者喜爱。他还当选北京诗词学会监事、北京楹联学会常务理事，并担任国艺新时代曲水兰亭诗社社长和北京房山云水诗社社长。

志京热爱生活，有着浓厚的家国情怀，生活充满阳光。在他的笔下，中华的山水林木、春阳雨雪，革命前辈先烈、英雄母亲，祖国的飞跃发展、友朋俊杰，都是他创作的题材。他在《房山诗联学会十周年忆学诗感怀》诗中曾这样写道，"唱和犹思长梦里，推敲不觉小桥东。池边草染茵茵绿，陌上花开点点红。"正是他视野广阔，勤于笔耕，作品丰硕，佳作连连的真实写照。

　　让我们高兴的是，志京从他的诗作中选出 300 余首精品，出版了这部《抱朴居诗稿》，为喜爱他的作品的诗词爱好者，提供了一个集中鉴赏、学习他作品的好机会。作为志京年长的诗友，我真诚地祝贺志京这部诗集的出版，并祝愿他不断创作出新的好作品。

2021 年 8 月于京城

　　田麦久　我国现代运动训练理论的创始人之一，是新中国成立后的第一位体育博士。北京体育大学教授、博士生导师。受聘于清华大学、河南大学、浙江大学等 18 所大学任客座教授。曾任北京体育大学副校长、全国政协委员、北京市人大常委会副主任。

目录

七律的四种基本格式

一　仄起首句押韵

⊙仄平平⊙仄平，⊙平⊙仄仄平平。
⊙平⊙仄⊙平仄，⊙仄平平⊙仄平。
⊙仄⊙平平仄仄，⊙平⊙仄仄平平。
⊙平⊙仄⊙平仄，⊙仄平平⊙仄平。

二　仄起首句不押韵

⊙仄⊙平⊙仄仄，⊙平⊙仄仄平平。
⊙平⊙仄⊙平仄，⊙仄平平⊙仄平。
⊙仄⊙平平仄仄，⊙平⊙仄仄平平。
⊙平⊙仄⊙平仄，⊙仄平平⊙仄平。

三　平起首句押韵

⊙平⊙仄仄平平，⊙仄平平⊙仄平。
⊙仄⊙平平仄仄，⊙平⊙仄仄平平。
⊙平⊙仄⊙平仄，⊙仄平平⊙仄平。
⊙仄⊙平平仄仄，⊙平⊙仄仄平平。

四　平起首句不押韵

⊙平⊙仄⊙平仄，⊙仄平平⊙仄平。
⊙仄⊙平平仄仄，⊙平⊙仄仄平平。
⊙平⊙仄⊙平仄，⊙仄平平⊙仄平。
⊙仄⊙平平仄仄，⊙平⊙仄仄平平。

注：其中⊙表示可平可仄，下划线字押韵。

饮酒（平水韵）

2019 年 8 月

金樽对月荡清波，酒里才名纸上歌。

未肯文章弦散乱，还须肝胆剑横磨。

醉吟涧壑岚烟起，静赏林花彩蝶过。

愿得壶中千古事，一觞饮尽去沉疴①。

【题解】古代文人雅士经常在诗词歌赋中吟咏酒，和酒结下不解之缘。

【注释】①沉疴：久治不愈的病。

己亥大雪节后三日过周口店遇雪有作（平水韵）

2019 年 12 月

纷飞白絮①自云天，早绽琼枝小巷前。

远壑无心藏客梦，寒山有意隐村烟。

情真未敢吟诗醉，韵少曾经对酒眠。

挑拣文章新旧句，聊将世味共丝弦。

【注释】①白絮：这里指大雪。

英雄母亲邓玉芬（平水韵）

2015 年 7 月

时值抗战胜利 70 周年，遥想当年，日寇侵我国土，辱我百姓，山河破碎，草木含悲。我中华儿女，妇孺无畏，保我家园；华夏群英，挥戈奋起，沙场捐躯，遍洒英雄血。

密云英雄母亲邓玉芬，一夫五子，勇赴国难，令人仰慕。今有识之士，振臂一呼——用诗、曲、书、画，缅怀英雄母亲，群贤响应，100余才俊携手共祭，以表后人敬仰之心。

扶疏①草木恸千村，日月昭昭浩气存。

碧水无缘吟旧事，青山有幸鉴忠魂。

高风慈母心犹热，赤胆儿郎血尚温。

信念丰碑镌不朽，殷殷大爱铸京门。

【题解】《英雄母亲邓玉芬》一诗由书法家卢晓、余制波两位先生书写，密云档案馆收藏。

【注释】①扶疏：枝叶茂盛，高低疏密有致。

冬至以曾国藩句"有恒则断无不成之事"为韵，分韵得事字（新韵）

2019年12月

寂寥梦后逢冬至，分韵迎来一二事。

围坐烹茶话岁寒，笃行问道知詈耻。

词穷每羡倚亭翁，室暖常思听雪日。

朔气无心瘦岭梅，云笺寄与鲲鹏翅。

【题解】冬至与房山诸位先生雅集，颜景河先生倡议分韵作诗，余以曾国藩"有恒则断无不成之事"为韵出题，马宏侠先生分韵，众先生依韵作诗，结为一集。诗中得趣，亦快哉！

赠卢冷夫先生（平水韵）

2020 年 9 月

金鼓携来铁甲声，砚田犹自寄深情。

挥戈长忆关山月，策马曾经细柳营。

韵入烟波飞影落，文由字句醉云横。

人生不改铿锵味，红叶题诗又一兵。

【题解】卢冷夫，现为解放军红叶诗社副社长、《红叶》执行主编。此诗由诗人、书法家范秋晗书写赠予卢冷夫先生。

观高克恭画作（平水韵　飞雁格）

2015 年 11 月

高克恭，元代画家，号房山。为官勤勉为民，勤于政事。善画山水墨竹，自成一家。画作《云横秀岭》《秋山雾霭》等为后世称道。

微云浅醉绕层峦，涧水无声不记年。

烟雨江南藏雅士，竹松画卷伴琴弦。

棋开万象星辰落，雪舞千觞隐者眠。

岂慕轻舟垂钓客，群山处处坐心禅。

【题解】《房山县志》载，高克恭晚年居住在北京房山，去世后葬于城关羊头岗。

房山争创中华诗词之区感吟（平水韵）

2019 年 10 月

萦回碧水涌辞章，文脉传承卷卷香。

眺望长桥^①寻古意，登临峻岭赏春光。

千年谁记推敲^②月，九陌诗吟探索郎。

气象新开秦汉韵，云天照影向方塘。

【注释】①长桥：这里指房山琉璃河石桥，今存琉璃河石桥建于明嘉靖十八年（1539 年）。②推敲：贾岛曾在房山云盖禅寺出家，现有贾岛峪，其"推敲"的故事流传千年。

过北下寺^①（平水韵）

2018 年 10 月

秋到深时叶愈红，登高赏景醉栌枫。

烟村几处民居远，古寺千年壁画工。

淡雅芳花开岭上，蜿蜒步道绕山中。

桃源世外天边月，乡韵乡情两不同。

【注释】①北下寺：位于北京市房山区，清代成村。原名下寺，因村东有圆明寺而得名。1981 年因与张坊镇下寺重名，更名北下寺。毗邻坡峰岭，秋来红叶满山。

石花洞（新韵）

2013 年 7 月

游山看海赏青松，世上奇观地府生。

出水芙蓉迎远客，擎天巨柱伴仙翁。

云烟①造化和谐景，事物阴阳融洽情。

别有怡然吟雅趣，美轮美奂画中行。

【题解】石花洞，位于北京市房山区河北镇南车营村，是中国四大名洞之一。

【注释】①云烟：洞内人工灯光亦云亦烟。

圣莲山（新韵）

2013 年 7 月

秋兄嘱我路途艰，吾是平生爱险峦。

小院幽宅听戏韵，石塘圣米话温寒。

仙风道骨山中像，暮鼓晨钟寺里禅。

历史人文书秀地，莲花一朵隐青岚。

【题解】圣莲山，位于北京市房山区史家营乡，明代山上建有胜泉寺。直系军阀曹锟、北洋军阀吴佩孚、梨园泰斗杨小楼等在山上建有曹宅、吴宅、杨家院。

秋日登高有作（平水韵）

2019 年 10 月

秋渐寒时水渐消，登山非为探天高。

风中落木知萧瑟，心底长歌送寂寥。

峻岭情飞诗正健，丹枫韵舞叶犹娇。

吟笺不作悲凉句，霜冷何妨胆气豪。

有朋兄好盆景，以诗赠之（新韵）

2016 年 6 月

师法天然自在成，虬枝曲干似相迎。

删繁就简观无倦，养性怡情悟不争。

仙界撷来三尺景，人间化作几花名。

数石错落奇峰态，掌上乾坤韵味生。

房山金陵怀古（平水韵）

2014 年 9 月

　　诸诗友畅游房山云峰山，归来感慨颇多，纷纷命笔。余观合广兄《金陵怀古》，忽忆昔日游览金陵，满目萧条，寂寥无人，损毁破败。遥想当年，金主完颜氏扫荡北国，南下牧马，不可一世，今其诸荒冢难觅，叹息之余，依韵记之。

　　九龙山下几春秋，断瓦残碑霸气收。

　　衰草暮烟埋旧梦，金戈铁马踏中州。

　　依稀古径随风怨，寂寞翚甍借雨愁。

　　人道皇家曾此地，空留慨叹锁荒丘。

【题解】金陵遗址位于北京市房山区车厂村的云峰山，又称九龙山。金太祖第四子梁王完颜宗弼，即金兀术，原葬东北，后迁葬于此。

中秋有记（新韵）

2014 年 9 月

桂魄①无暇挂玉枝，佳节赏月正当时。

千家漫漫银光早，一纸悠悠韵味迟。

云淡风轻吟胜景，神怡心旷醉唐诗。

举樽莫负韶华好，咫尺乾坤我自知。

【注释】①桂魄：月亮的别称。

过南窖村北岗楼旧址有感（新韵）

2015 年 3 月

奔袭不惧路兼程，百里行军巧宿营。

雨雨风风说故事，年年岁岁祭英雄。

乡村犹忆攻夺战，草木聆听话语声。

旭日融融春色好，山河壮美贯长虹。

【题解】房山区南窖村北坡抗日战争时期日军建有岗楼，后在八路军的进攻下，日军仓皇逃走。

中华诗词学会赵京战、李葆国诸先生莅临房山孤山口小学指导诗教，赵京战先生赠书《佩文新韵》，又忆先生先前所赠之书，夜不能寐，以诗记之

2018 年 6 月

平仄声中韵律飞，百花学苑绽芳菲。
琵琶婉转笙箫好，翰墨淋漓字句肥。
一页书香常不舍，三更月色久相违。
松风入室翻新卷，千古诗章大道归。

【题解】赵京战，1947 年出生，曾任中华诗词学会副会长、《中华诗词》杂志副主编。主要著作有：《苇航集》《中华新韵（十四韵)》（执笔）、《诗词韵律合编》《网上诗话》《新韵三百首》《居庸诗钞》（合著）。

李葆国，字塬村，1952 年生，山东武城人，中华诗词学会常务理事，中华诗词学会学术部副主任，北京诗词学会副会长。著有诗集《石桥轩吟稿》。

房山诗联学会 10 周年忆学诗感怀（平水韵）

2016 年 2 月

学诗凑句语难工，卷外功夫意味丰。
唱和犹思长梦里，推敲不觉小桥东。
池边草染茵茵绿，陌上花开点点红。
正是莺飞牵燕舞，黄钟大吕醉春风。

【题解】房山诗联学会，全称房山诗词楹联学会，于 2003

年由颜景河、冯绍邦、崔育文、谭泽、姜玉卉等古体诗人发起成立，隶属于房山市文联。

观陆大成先生卵石画有感（新韵）

2019 年 7 月

顽石本是水磨成，造物丹青妙手功。

世外烟霞知浅淡，人间喜怒自分明。

留连未尽三春过，点染方能百态生。

墨韵痴心犹不改，耕耘化作岁华情。

【题解】卵石画是直接在鹅卵石上用丙烯颜料、油画颜料、广告色等颜料绘画。陆大成先生把多年成果出版成册，以诗祝贺。

房山大石窝汉白玉感吟（平水韵）

2019 年 7 月

玉质无瑕出自然，天工造化美名传。

皇家气象盘龙柱，御苑烟波戏水莲。

月色笙歌飞万里，云光石韵耀千年。

匠心不老春秋外，华表雕栏一梦牵。

【题解】房山大石窝汉白玉早在 560 年的北齐时代，就被云居寺用来雕刻石经，历经隋唐辽金元明六个朝代。故宫、天安门前金水桥、颐和园、天坛、卢沟桥、十三陵等所用汉白玉石料都取自大石窝。人民大会堂抱柱石、人民英雄纪念碑浮雕、毛主席纪念堂以及近年落成的中华世纪坛题字碑等，所采用的汉白玉石材均出自大石窝。

永定河大兴段建成高端森林公园抒怀（平水韵）

2018 年 7 月

嘉名永定大河横，云影波心浪漫风。

两岸长林分左右，一弯晓月照西东。

吟来韵好轻盈舞，且借花繁惬意行。

犹有清歌谁未尽，芳华路上梦千重。

【题解】永定河史称"无定河"，古时中下游河水经常泛滥成灾，沿途百姓深受其害，后经治理称为永定河。永定河森林公园建成后为居民休闲提供了场所。

己亥初夏与诗友登山有感（平水韵）

2019 年 5 月

鹰旋久不越青峰，路向云岚①掠影穷。

林隐清泉鸣远涧，斧劈峭壁裂长空。

侧身寂寞孤村去，举目峥嵘万壑横。

莫道闲情欺岁月，人间天籁②我来听。

【注释】①云岚：山中云雾之气。②天籁：自然的声音。

咏竹（平水韵）

2018 年 3 月

雨后①方知一笋鲜，青枝②素影隐先贤。

虚心不忘凌云志，劲节常怀破土缘。

冻日风摇犹傲雪，暖春露润又冲天。

莺声啼过空山老，短笛痴情送晚烟。

【题解】这首诗是云水诗社社课，由云水诗社公众号刊发。

【注释】①"雨后"句化用"雨后春笋"成语。②"青枝"句指苏轼、郑板桥等古代先贤，苏轼有"宁可食无肉，不可居无竹"。郑板桥不但写竹，还画竹。

与星翰诗友重游九龙山有记（平水韵）

2018 年 9 月

水映疏林几树黄，前山淡淡着秋妆。

风轻自有荻花摆，雨细偏无殿宇藏。

市井繁华惊岭雁，书生意气射天狼。

鬓斑不做云中客，共话诗笺草木香。

中国航天感怀（平水韵 飞雁格）

2012 年 10 月

宇宙苍茫前路遥，乾坤激荡领风骚①。

神舟②圆梦凌云志，北斗飞天③举世豪。

浩浩晴空擎日月，巍巍巨箭伴松涛。

长征频奏长征曲，引我诗情逐浪高。

【题解】几十年来，中国航天人卧薪尝胆，长征系列火箭研制成功、中国不同用途卫星研制成功、中国嫦娥探月成功、载人航天成功、"神九""天宫"对接成功、北斗导航覆盖亚洲成功，中国航天人在攀登天梯的过程中取得了一个又一个骄人成绩。此诗由云水诗社和某报刊联合评选，获一等奖。

【注释】①领风骚：世界主要航天国家竞争激烈，中国航天领先于欧盟、日本、印度等航天大国或地区，逐渐比肩美、俄。②神舟：这里指神舟飞船。③飞天：喻指北斗卫星漫游太空的娇姿。

读《而立之年》有感（平水韵）

2018年5月

鲲鹏试翼总冲天，岂为云霞容易牵。
一路征尘藏有梦，半弯晓月钓无眠。
曾经紫陌辛勤事，未忘青春奋斗篇。
骏马披风嘶志远，芳华不老又加鞭。

【题解】此诗获《而立之年》全国诗词大赛三等奖。2018年5月26日在北京东苑戏楼举行了颁奖活动，受主办方之邀，我主持了这次活动。中国红色旅游网对这次活动做了全程报道。

出版编辑赞（平水韵）

2016 年 2 月

衔春紫燕觅知音，字重词轻满卷寻。

妙语添香裁璞玉，芝兰助韵弄瑶琴。

何人击水三千里？秀笔评章五夜深。

付梓流芳甘寂寞，无私奉献为初心。

【题解】2016 年 2 月 27 日，我参加了由兰亭诗友会、滕王阁书画联谊群与公大读书会联合举办的"出版的诗意"雅集。中央编译出版社原社长兼总编辑和龑先生作为主讲嘉宾出席，著名书法家羿耿庵先生书写拙作赠与和龑先生。

"金猴献祥瑞，美丽乡村行"暨燕鼎年会雅集赠刘泽林先生（平水韵）

2016 年 1 月

挽弓用箭气飞扬，情到深深翰墨狂。

歌赋诗联携妙语，山川草木入篇章。

一杯美酒思乡近，满座贤才论句香。

雁阵翔空天地阔，千花百卉散芬芳。

【题解】2016 年元月，我与房山作协主席刘泽林，诗人陈玉泉、谭泽、马宏侠、黄长江等先生十余人到南窖水峪村赠书，书法家韩进水、王立祥等先生书写春联。

题清泉成才公益基金（平水韵）

2016 年 7 月 27 日

清泉出涧润新苗，汇聚磅礴百丈潮。

学子灯前留浅影，芙蓉雨后映长桥。

民生漫话情犹暖，公益先行品自娇。

大爱乾坤扬正气，山河锦绣尽妖娆。

【题解】与众位先生聚于西城，参加清泉成才公益基金为主题的诗书画"清泉笔会"。清泉成才公益基金致力于帮扶寒门学子，让他们用知识改变命运，用知识点亮人生。清泉学子不负社会期望，笃学不息，考入清华大学、香港中文大学、浙江大学等重点高校。感谢诗人、书法家熊盛荣先生书写了作品赠与清泉成才公益基金。

读力夫先生诗得句有赠（新韵）

2019 年 4 月 21 日

燕京紫陌①入千山，一处清溪四五弦。

遣句闲庭吟野色，寻芳远岭绘春烟。

东篱月下双棋客，北斗峰头九尺男。

酒向新章浇韵老，诗心自在水云间。

【题解】力夫，指张力夫，本名志勇，号畏临轩主人，1964 年生于北京宣武区。曾任《中华诗词》编辑部副主任，现为北京诗词学会副会长、中华诗词学会理事。为诗重格调，尚风雅。此诗由书法家、篆刻家肖斌先生书写赠予力夫先生。

【注释】①紫陌：古代指帝京的道路，这里指道路。

题吴为山先生之《独立苍茫——齐白石》雕塑（平水韵　飞雁格）

2017年1月

独立苍茫望世尘，寻常笔砚画中魂。
青荷雨后听蛙趣，玉蝶花前染墨痕。
醉去非关文客至，兴来自识锦书存。
夜阑月朗闻天籁，写意春秋一脉根。

【题解】此诗收录在人民出版社出版的《文脉千载——题咏吴为山写意雕塑》一书。

学诗（平水韵）

2017年11月

书香久醉解迷津，至理寻常不染尘。
草木无笺听雨乱，云山有梦怨词贫。
从来眺望三江阔，总是推敲一字新。
莫待流光成往事，文章半卷画堂春。

赠国医孙光荣先生（平水韵）

2018年3月

望闻问切诊分明，总是岐黄①济世情。
药理精研追百草，丹方细琢遣千兵。

阴阳辨证仁心易，金石调和妙手轻。

大爱无言携晓月，杏林②春暖有医名。

【题解】北京曲水兰亭诗友参加国艺新时代"诗赞国医"文化沙龙，《中国中医药报》社长兼总编辑王淑军以及国医孙光荣、王琦先生的两位弟子刘应科和王济医生参加了活动。《中国中医药报》2018 年 4 月 11 日第 8 版进行了报道，此诗由书法家张毅先生书写，主办方赠与孙光荣先生。

【注释】①岐黄：指岐伯和黄帝。古代医书《黄帝内经》多用黄帝和岐伯问答的形式写成。后来用"岐黄"作为中医的代称。②杏林：代指中医。

赠国医王琦先生（平水韵）

2018 年 3 月

梧桐弄影影婆娑，细品书香故事多。

草木三钱能治愈，医方一卷尽消磨。

修身不负雕龙手，厚艺何须击水戈。

传业青囊①归大道，五行表里扫沉疴。

【题解】此诗由书法家张毅先生书写，主办方赠与王琦先生。《中国中医药报》2018 年 4 月 11 日第 8 版进行了报道。

【注释】①青囊：古代医家存放医书的布袋。这里指医术。

庆祝北京诗词学会成立 30 周年有感（平水韵）

2018 年 2 月

卅载京华沐旭阳，诗途骏骥奋蹄忙。

春声化韵春声近，月色含情月色长。

雅乐随风摇竹影，轻音入梦品琼浆。

文心总向书山路，妙笔群贤绘锦章。

【题解】此诗是云水诗社端月社课。

纪念开国上将陈奇涵 120 周年诞辰（平水韵）

2017 年 10 月

讲武堂前亮剑雄，点兵黄埔挽雕弓。

硝烟百战筹谋远，镔铁千番锻造同。

欣为家园添柳绿，愿将热血染旗红。

云轻日暖山河美，紧束戎装唱雅风。

【题解】陈奇涵上将之子陈崇北先生收藏了此诗。

过晋祠（平水韵）

2017 年 8 月

叔虞一叶始封唐①，悬瓮山前晋水长。

周柏犹青遮雨细，名泉不老润莲香。

古今寂寞瑶芳落，多少繁华苑囿藏。

赏客凭栏空咏叹，千年韵致自文章。

【题解】晋祠，位于太原市晋祠公园内。本是为纪念周武王的次子叔虞而建，称"唐叔虞祠"，是著名的游览胜地。

【注释】①封唐：《吕氏春秋》有"桐叶封弟"的典故，讲的是周成王封叔虞于唐的故事。

游平遥古城（平水韵）

2017 年 8 月

三晋风烟散故都，平遥气象万千殊。

城高梦绕雄关影，月朗情牵古韵图。

曲巷长街闻竹笛，飞檐斗拱引鹓雏。

青苔覆瓦经年久，惹我诗思醉一壶。

【题解】平遥古城，位于山西晋中市平遥县，始建于西周宣王时期，至今保留着明清时期县城的完整格局。

戊戌过避暑山庄（平水韵）

2018 年 10 月

芳菲一去物华何？御苑兴衰逐逝波。

琥珀留香擎玉盏，琉璃照影对宫娥。

千门翠径喧嚣少，九陌红尘寂寞多。

但见烟云皆是梦，唯余岁月待消磨。

【题解】承德避暑山庄，始建于 1703 年，位于河北省承德市北，是清代皇帝夏天避暑和处理政务的场所。

顺义张镇祭灶（新韵）

2017 年 10 月

祭灶风俗溯本源，溪边垄上护康安。

金狮舞曲千村醉，瑞雪压枝几树弯。

翁媪新装说稼穑，佳肴老酒庆丰年。

归来最爱民生梦，总是人间笑语欢。

【题解】顺义张镇村民有祭灶的习俗，每年腊月廿三在灶前供奉灶王爷的画像和灶王龛，每年祭灶接灶仪式都按时进行，祈福护佑人们平安，期盼和谐幸福。顺义张镇灶王爷传说于 2007 年列入北京市第二批非物质文化遗产民间传说名录。此诗获 2017 全球灶王文化文学作品征集活动二等奖。

野三坡百里峡（新韵）

2015 年 8 月

层峦耸翠一峡长，百里清凉百里藏。

牛角峰①高接玉宇，木鱼石②外聚群芳。

祥云挽住春光色，美景留得岁月香。

向晚归来犹自醉，何须笔墨费评章。

【题解】野三坡位于河北省涞水县，是著名的风景名胜区。

【注释】①牛角峰：百里峡的第一个景观就是牛角峰，从牛角峰开始，游路一分为二，向左为十悬峡，向右为海棠峪。②木鱼石：百里峡有一方形巨石，酷似和尚诵经时的木鱼，故称"木鱼石"。

野三坡百里峡一线天（新韵）

2015 年 8 月

鬼斧劈开一线天，猿猴倒挂不攀援。

蜂蝶戏蕊花前落，倦鸟衔云涧底眠。

暮色归来寻五柳①，微风拂去隐八仙②。

穿峡顿感精神爽，胜似人间做圣贤。

【注释】①五柳：陶渊明号五柳先生，这里代指闲士。
②八仙：神话传说中的人物。

沉痛悼念舒平先生（平水韵）

2019 年 3 月

妙笔能生五色花，辞章气韵向天涯。

归鸿梦浅迟迟影，落日云残淡淡纱。

细雨来时思稼穑，凄风起处染蒹葭。

西行此去蓬莱境，挥洒诗文论物华。

【题解】舒平，本名赵书平，生于东北吉林，云水诗社成员。自 20 世纪 80 年代开始，发表、出版诗歌、散文、报告文学、小说、评论、剧本等 500 余万字。近年作品见于《小说月报·原创版》《北京文学》《青岛文学》《山花》《作家》《文艺报》《光明日报》《人民日报》《郑州日报》《贵州民族报》等。舒平先生去世，我撰挽联哀悼。上联：梦入青山，君驾鹤华章再续，下联：心随碧水，酒盈杯韵律重寻。

永定河（平水韵）

2018 年 11 月

百转奔流永定长，烟波古渡有诗章。

潮随浩浩千年阔，史记滔滔几段狂。

碧草晨曦犹旖旎，青荷晓月正徜徉。

风梳细柳听新韵，橹桨摇来绮梦香。

【注释】《永定河续志》记载，清代永定河渡口有三处，分别在十里铺村、辛安庄村、双营村，除双营村渡口隶属永清县外，其余两处均为固安县管辖，于 1958 年始划属北京市大兴。

读梁衡先生《何处是乡愁》兼咏下马洼（平水韵）

2017 年 6 月

痴情故土恋山村，灶上柴锅水尚温。

柳笛声中聊趣事①，槐花树下觅苔痕。

吹开麦垄层层浪，唱出农人辈辈根。

笔底春秋回味久，乡愁一片绕家门。

【题解】梁衡，著名学者、新闻理论家、作家，中国人民大学新闻学院博士生导师，曾任国家新闻出版署副署长、《人民日报》副总编辑。代表作有《晋祠》《跨越百年的美丽》《壶口瀑布》《夏感》《青山不老》《把栏杆拍遍》等。此诗由书法家张毅先生书写，赠与梁衡先生。

【注释】①诗中原句是"柳笛声中听趣事"，梁衡先生建议将"听"修改为"聊"，更符合当时场景，遂改为"柳笛声中聊趣事"。

读梁衡先生古木诸篇感吟（平水韵）

2016 年 11 月

虬枝老干叶纤柔，绮梦平生地下求。

五百年来经雨雪，三千卷里著春秋。

霜欺露染犹堪叹，日灼雷摧不肯休。

半树繁阴凭傲骨，涅槃浴火竞风流。

【题解】梁衡先生是长者、学者、思想者。先生躬耕文田，著作等身。中学课文《晋祠》记忆犹新。近读先生笔下左公柳、铁锅槐、中华版图柏、百年震柳、七里槐、红柳等，对先生又有新认知，遂作七律一首。

己亥初雪夜对弈有感（平水韵）

2019 年 2 月 13 日

南窗映雪过三更，惟有纹枰①落子声。

不解乾坤知进退，何曾岁月辨输赢。

听君鼓角虬髯客，举我旗旓铁甲兵。

冷眼王侯千古事，机关算尽总贪生。

【注释】①纹枰：指棋盘，亦有下棋之意。

陪同北京诗词学会众诗家参观西周燕都遗址博物馆（平水韵）

2019年3月

商周远去散尘烟，华夏文明一脉牵。
董鼎铭辞留故事，漆罍纹饰记先贤。
岚峰月照封疆后，岫壑云开落日前。
梦锁乾坤灯火里，春潮声外越千年。

【题解】1.北京房山琉璃河西周燕都遗址在20世纪70年代被发现。遗址距今已3000多年，是西周燕国的初都所在地。遗址出土大量文物，其中董鼎为西周早期青铜器，代表当时青铜文化最高水平。其内有铭文26字，证明燕国封立于此，可谓"北京城之源"。2.2019年3月下旬，北京诗词学会书记张桂兴、副会长张力夫、副会长兼秘书长马旭升一行三人，莅临房山苏庄三里考察"中华诗词之乡"创建工作，余与房山诗联学会颜景河、谭泽、林宗源、马宏侠、刘培荣、郑宝水诸君陪同三位先生顺访西周燕都遗址博物馆，感先人文化之震撼，遂相约以律诗共赋。

五里坨创建文明城区有感（新韵）

2019年2月

云轻几处映天蓝，草木青青广厦间。
邻里和谐闻曲好，家园靓丽赏花繁。
礼仪守信弦歌醉，生态宜居鸟语欢。
携手同心结硕果，文明创建谱新篇。

【题解】1."国艺新时代"文化名家进社区活动在北京市五里坨街道西山机械厂社区举办,以支持石景山区创建全国文明城区。2.此诗由书法家熊俊生先生写书,赠予五里坨社区。

题惠文先生画作南窖情怀渐入心（平水韵）

2017 年 6 月

山深路远隐高台，涧壑清流美景来。

飞鸟三声鸣翠岭，民居一角染青苔。

云藏秀木岚烟起，客醉乡村画卷开。

绿影婆娑多趣味，桃源旖旎任谁裁。

【题解】此诗收录在《山村情缘——张惠文扇面专辑》（北京燕山出版社）一书中。

题惠文先生画作山间四季之梯田（平水韵）

2017 年 6 月 18 日

层峦耸翠向青天，彩笔皴成袅袅烟。

雀舞莺啼藏绿海，云随路转上梯田。

农家得意寻常景，古道繁华六百年。

树茂林深生画境，山中稼穑润长笺。

【题解】此诗收录在《山村情缘——张惠文扇面专辑》（北京燕山出版社）一书中。

良乡四小（平水韵）

2019 年 1 月 21 日

百卉芬芳满苑春，书声琅琅自纯真。

流觞曲水千年醉，洗墨方塘半亩痕。

紫燕玲珑知杏雨，兰园锦绣映童心。

枝头万缕霞光早，大爱无言筑梦人。

【题解】北京房山良乡第四小学开展了丰富多彩的课外活动，成立了学生大拇指金帆合唱团。

房山四中 2015 年中考又创佳绩感怀
（平水韵 飞雁格）

2015 年 7 月

乙未多喜讯，是年六月，细雨润物，北京天高云淡，人人惊呼"湛蓝"，美其名曰"北京蓝"。恰房山四中中考成绩又攀新高，取得佳绩，一考生取得全区卷面分状元，成绩有赖诸同仁精诚团结、无私忘我之奉献精神，有感而吟。

芳菲六月百花鲜，试翼雏鹰向昊天。

三载读书灯伴影，一朝策马箭离弦。

寄情学苑光阴短，追梦人生意志坚。

数曲清歌风送远，白云辉映北京蓝。

北京胡同儿时印记（平水韵）

2018 年 12 月

青砖灰瓦韵悠长，乐趣全凭两面墙。
惜墨纤枝飞鸟雀，涂鸦稚笔写牛羊。
追风每见英雄色，踏雪时闻饭菜香。
岁月情深回首处，童年脚印一行行。

【题解】忆童年、童趣，感慨万千，遂记之。

沉痛悼念彭士英先生（平水韵）

2019 年 1 月

曾经苑圃育新苗，驾鹤谁知一梦遥。
岂为清樽吟笔墨，只缘妙手绘芭蕉①。
云山寂寞千年月，字句峥嵘百尺涛。
每忆先生悲不尽，弦歌向晚雨潇潇。

【题解】彭士英先生 1945 年 8 月出生，中学高级教师、北京诗词学会会员、房山区诗词楹联学会会员、云水诗社成员，曾任房山区河南中学校长、房山区进修学校副校长等职。有深厚的文学修养和古文造诣。他不幸因病于 2019 年 1 月 23 日去世。有《蓼花集》传世。

【注释】①"只缘妙手绘芭蕉"句，指彭先生不但古体诗词有修养，而且绘画水平很高。

为抗战牺牲之无名者而作（平水韵）

2017 年 5 月

国破何言性命轻，男儿怒向火中行。

铮铮铁骨生骁勇。滚滚烽烟说赤诚。

华夏刀光明月照，卢沟剑影战旗横。

拼将热血乾坤洒，只为家山不为名。

乡间雪霁赏景（平水韵）

2017 年 2 月

阡陌①山川遍素华，疏疏落落几农家。

邻翁得意三杯酒，岁月安闲一盏茶。

百鸟树前争雅韵，千枝雪后绽琼花。

乡村最美民风朴，脚印行行映日斜。

【注释】①阡陌：指田间小路。

赠高福院士（平水韵）

2017 年 1 月

寻芳岂惧路重重，踏遍云天第几峰。

剑有真情听筚篥，心无杂念绽芙蓉。

疴源探索求知远，病理研磨论述丰。

济世岐黄怀大爱，医林且作一青松。

【题解】兰亭诗友会和滕王阁书画联谊群在 1 月 21 日联合

举办了"科学的春华秋实"联谊活动，邀请中国科学院院士、时任中国疾控中心副主任高福院士做主讲嘉宾，讲述人类与病毒作斗争的基础知识，讲述其在非洲与埃博拉病毒做斗争的故事。此诗由著名篆刻家、书法家赵增福先生用篆书书写，赠予高福院士。

丙申回望（平水韵）

2016 年 12 月

曲赋词章润岁华，情深每伴紫烟霞。

三分笔墨三更月，一卷诗书一盏茶。

斗室推敲翻旧作，兰亭唱和绽新花。

徜徉总被清音醉，旭日楼头照我家。

惊闻家骧先生仙逝而作（新韵）

2015 年 12 月 14 日

辰星锁梦任蹉跎，漫把诗书岁月磨。

清酒击节吟美景，童心挂杖放狂歌。

人间草木无情少，故里山河有爱多。

沉醉国学天地小，峰高屹立更巍峨。

【题解】宋家骧，房山著名古体诗人。先生是云水诗社发起人之一，著有《大房山樵歌》《撷瓣集》《碎陶集》《人间草木词》等古体诗集。

丙申冬日，时值宋家骧先生驾鹤西去周年，又忆起
先生音容笑貌，对我等晚辈提携，不觉悲从中来，
作七律以寄之（平水韵）

2016 年 12 月 14 日

人间草木又经霜，陶碎樵歌入梦凉。
五缕银髯添正气，一支铁笔语铿锵。
应知素月寒辉浅，不见佳词字句香。
寄我离愁云影处，且将断绪付诗章。

丙申夏过戒台寺偶成（平水韵）

2016 年 11 月

古木擎天伴寺僧，蝉鸣午后有谁听。
花深且露三分蕊，梦浅犹吟一卷经。
隐隐危峰缠玉带，悠悠宝塔响金铃。
何时悟得他人语，最是匆匆过客亭。

【题解】戒台寺位于北京市门头沟区，始建于唐代，原名
"慧聚寺"，明朝英宗皇帝赐名为"万寿禅寺"，因寺内建有全
国最大的佛教戒坛，民间通称为"戒坛寺"，又叫"戒台寺"。

《北京诗苑》百期致贺（平水韵）

2017 年 5 月

芬芳学苑仄平声，荐士推贤岂为名。
诵读诗书情切切，传承国粹语铮铮。

竹枝曲美千人唱，格律峰高众手擎。
翰墨飞歌融韵海，春山再赋自峥嵘。

【题解】《北京诗苑》是北京诗词学会主办的诗词期刊。

乙未秋日，振杰先生招饮席间相赠（新韵）

2015 年 8 月

健马嘶风铸警魂，卅年无悔守京门。
窗含淡月三更鼓，山倚斜阳几度春。
墨韵一池浮绿水，诗情满纸寄白云。
人说酒暖书囊热，怎比金樽友爱深。

【题解】刘振杰先生系房山人氏，云水诗社成员，早年从警，为首都治安、服务百姓不遗余力。

云水诗社"8·20"山川诗会（平水韵）

2016 年 8 月

山川老屋蕴诗风，串起珠玑一卷雄。
乡路多情追绿水，父兄浩气照苍穹。
朝霞万缕晴空里，美酒千杯雅乐中。
且把吟笺无限意，携来入梦醉花红。

【题解】山川诗会是刘振杰先生倡议发起。在战争年代，房山区张成基等老一辈革命者在振杰先生家乡一带开展对敌斗争，时常在山川村老屋开会。振杰先生父亲负责情报工作，经常为党传送秘密信件，不幸于 1944 年惨遭日寇杀害。振杰先生大哥继承父亲遗志投身革命，三年后不幸在解放战争中壮烈牺牲。

题赠张骏先生《重走长征路》画册（平水韵）

2016 年 9 月

重走长征倍觉亲，披星不管露沾身。

山河诉说烽烟烈，岁月收藏战事频。

浩气英魂冲玉宇，诗心爱意绘韶春。

君情早入浓浓墨，妙笔丹青励后人。

【题解】为纪念红军长征胜利 80 周年，2016 年 10 月 15 日，由人民出版社读书会主办的"纪念红军长征胜利 80 周年歌咏会暨张骏先生《重走长征路》画册首发式"在北京天桥艺术大厦举行。张骏先生赠画册，诗以和之。

纪念红军长征胜利 80 周年感怀（平水韵）

2016 年 10 月

追忆峥嵘岁月稠，硝烟战地写春秋。

征途岭险雄关远，踏雪山高骏马愁。

敢为昆仑流铁血，拼将赤胆护金瓯。

弄潮再向潮头立，圆梦中华作壮游。

【题解】纪念红军长征胜利八十周年，缅怀历史，学习长征精神。

贺《星翰诗草》结集（新韵）

2015 年 8 月

星翰徐徐雅韵风，推敲评点乐融融。

三更读破诗千首，一语拨开雾万重。

展卷挥毫题句瘦，登山览胜寄情浓。

春来百卉争骄艳，几束含苞伴叶红。

【题解】2015 年，星翰诗社诗友结集《星翰诗草》一书。

密云雅集（平水韵）

2016 年 7 月

夏日寻幽聚北庄，风光秀色满诗囊。

蜂眠玉蕊花犹好，梦绕金声笔正狂。

峻岭逶迤藏丽水，笙歌曼妙醉霓裳。

推敲再论关山远，尽付吟笺韵味长。

【题解】与诗人张力夫、张脉峰、安洪波、成思行、熊盛荣、卫一帆、高国普，书画家张毅、赵增福、张建业、刘先德、刘清景、张巨鸿、唐新江、熊明，香港著名作家、诗人吴正，志愿者刘一瑭、章静等在密云北庄采风。此诗由书法家张建业先生书写。

贺京南诗社成立 10 周年（平水韵）

2016 年 7 月

京南数载小荷开，疏密高低众手栽。

把卷逍遥吟雅室，敲诗得意醉云台。

书香缕缕门前绕，词韵悠悠梦里来。

试看长虹初饮涧，缤纷五彩待谁裁？

【题解】京南诗社是房山本土诗社，在社长刘培荣的带领下诗社不断发展，成为房山古体诗创作的一支重要力量。

读段老《竹之斋文存》感赋（平水韵）

2016 年 5 月

耕耘韵苑有威名，家国常怀笔下情。

畅咏文山留客醉，轻吟旭日踏歌行。

杯中琥珀惟明月，梦外芙蓉自雅筝。

几帙清音诗不老，竹枝斋里一书生。

【题解】段老，段天顺，1932 年生，北京市房山人，曾任北京市民政局局长、北京市人大常委会委员、北京诗词学会会长、中华诗词学会顾问、北京楹联学会名誉会长，创办北京诗词学会，为发展北京地区的古体诗词做出了重要贡献。著有《竹之斋文存》等。作者与房山诗词楹联学会诸位先生看望段老，幸得段老签名诗集，读之有感而作。

采风霞云岭（新韵）

2016 年 5 月

　　与星翰诗友一行游霞云岭，奔驰于高山险峰之间，往来盘绕，好不惬意。观霞云胜景，览无限风光，有岭畔之美、水库之幽、红井之险、长城之韵、牧人之闲、游客之醉、农家之乐、野肴之香、诗中之味、友中之趣。众诗友你歌我和，诗词结集，阅来都各有情趣，遂作七律一首。

　　疾驰只为向重山，路转峰回几百旋。
　　疑是嫦娥织锦绣，原来众手绘斑斓。
　　高坡漫漫花七色，暖日迟迟水九弯。
　　绝顶登临天地阔，东风伴我笑开颜。

赠张能维院长（新韵）

2016 年 6 月

　　济世悬壶几度春，医林漫步解迷津。
　　吟荷句瘦清风暖，授业德高妙手真。
　　博大无言传美誉，精微有法去浊尘。
　　揭因探理多行远，乐作平安守护人。

【题解】参加"杏林重聚"雅集，创作此诗。此诗由书法家张成银书写，赠予北京世纪坛医院副院长张能维先生。

和詹万生教授《德育年会巡礼》（新韵）

2015 年 9 月 14 日

探索科研兴百校，育德智慧伴春来。

满园绿叶层层聚，一树红花朵朵开。

发展和谐寻理念，创新实践蕴人才。

执着学术耕耘路，年会搭出大舞台。

题里约奥运会中国体育健儿（平水韵）

2016 年 8 月 22 日

奥林匹克五环风，体育精神绘彩虹。

四海携来情正暖，千帆竞过气何雄。

朝阳渐起重山翠，赛会争先大纛①红。

莫道青梅曾煮酒，扬鞭跃马敢弯弓。

【注释】①大纛：古代行军中或重要典礼上的大旗。

咏牛（平水韵）

2021 年 1 月 30 日

辛劳俯首拓荒田，五谷香飘美誉传。

挂角翻书携万卷，牧童横笛对千年。

文中笔墨溶溶月，画里笙歌淡淡烟。

向晚夕阳行大道，温良恭俭自安然。

天津百佳语文论坛感怀（新韵）

2013年8月

津门七月觅书香，荟萃群英探讨忙。

乳燕三声啼喜悦，海河一路唱激昂。

讲台磨砺锋芒露，璞玉雕琢绚采扬。

常念雏鹰需展翅，九天风厚①任翱翔。

【注释】①风厚：《逍遥游》有"风之积也不厚，则其负大翼也无力"之句，是说风的强度不大，那么它就没有力量承负鲲鹏那巨大的翅膀。这里取风厚之意。

"7·21"房山大雨抗灾（新韵）

2012年7月

石光电火裂云涛，急雨滂沱出九霄。

滚滚疾风摧万物，滔滔巨浪卷浊潮。

玄冥①大地掀屋舍，箕宿②天庭奏洞箫。

挽臂同心多壮举③，成城众志气堪豪。

【题解】2012年7月21日至22日8时左右，北京及其周边地区遭遇61年来最强暴雨及洪涝灾害。

【注释】①玄冥：水神。《左传·昭公十八年》："禳火于玄冥、回禄。"杜预注："玄冥，水神。"一说为雨师。②箕宿：箕水豹，二十八星宿之一，为龙尾摆动所引发之旋风。③多壮举：在这场抗击61年不遇的天灾当中，出现了许多可歌可泣的英雄人物，他们为了他人的生命和国家的利益献出了宝贵的生命。

古北水镇行（平水韵）

2016 年 5 月

梦在江南暖暖风，云霞水墨渐空蒙。

远山淡淡高低去，窄巷悠悠左右通。

两岸民居携柳绿，一船渔火照溪红。

凭栏醉赏迷人景，月下徐行拄杖翁。

【题解】古北水镇，位于北京市密云古北口镇司马台村。夜游景点是这里一大特色。

赞人民警察高宝来同志（平水韵）

2016 年 4 月

崇高使命平凡事，做好寻常是壮歌。

大爱无声声哽咽，真情有泪泪婆娑。

披星戴月迎寒暑，挡雨遮风护幼荷。

五岳巍巍英气在，丹心碧血化清波。

【题解】高宝来同志是一名普通的人民警察，在海淀实验小学 5 年义务疏导交通护送孩子，不幸因病去世，事迹感人。4 月 24 日，由人民出版社读书会主办、滕王阁诗词书画联谊会承办的"纪念好人高宝来"歌咏会在天桥艺术大厦召开，此诗由书法家张建业先生书写赠予海淀公安分局。

赞京剧表演艺术家谭小羽、白金（新韵）

2016 年 3 月

梨园子弟舞台情，国粹传承有美名。

淡抹红唇吟岁月，浓妆粉墨演人生。

鞭急马快三军动，字正腔圆四海惊。

尽日东风春送暖，皮黄韵好数峰青。

【题解】谭小羽和白金是北京京剧院的优秀青年演员。谭小羽为京剧谭（鑫培）门之后，余派坤生，扮相儒雅帅气，唱腔古朴苍劲。白金嗓音清润，扮相俊美，是梅葆玖的弟子和梅派新秀。她们现场讲解了京剧知识，表演了唱段。

乙未冬至霾气未消，天寒地冻，忽忆儿时家乡春节情景，屈指不觉卅年矣（平水韵）

2015 年 12 月

轻寒煮酒日将长，大地衔霜映雾光，

彩笔难描新气象，民风不改旧时章。

烹茶待客因情暖，炖肉添柴有灶香。

晓梦羁人①思故里，乡愁一缕动诗肠。

【注释】①羁人：旅客。这里指离乡在外之人。

反腐倡廉（新韵）

2012 年 7 月

振聋发聩响洪声，宇内扬清鸣警钟。

硕鼠贪食无法纪，蛀虫折木①败民风。

发硎②利剑除饕餮③，展翅啄枝④斗蠹虫⑤。

纲纪威严惩腐恶，倡廉反腐党旗红。

【注释】①折木：指成语"蠹众木折"，意为蛀虫多了，木头就要折断。②发硎：指刀剑新从磨刀石上磨出来，借指锋利。③饕餮：传说中的一种贪残的猛兽，比喻贪婪的人。④啄枝：指啄木鸟。⑤蠹虫：蛀虫，比喻危害集体利益的人。

赴日照森林公园旅游（新韵）

2013 年 8 月 19 日

碧水长天等我来，驱驰万里喜盈怀。

白云朵朵飘穹宇，波浪声声荡露台。

掠海劲风千嶂起，弄潮堤岸百涛裁。

修竹林茂心情爽，游兴平添逸趣开。

端午忆屈原（平水韵）

2012 年

沧浪清清濯我裳，谁将求索话端阳。

离骚万古春秋色，天问千年书卷香。

贤士抚琴驱寂寞，谗言鼓瑟露张狂。

青空一字归家雁，不瞰人间国有殇。

【题解】读《离骚》，阅屈原生平感而有记。

戊戌岁末有寄（平水韵）

2019 年 1 月

云烟笔下有还无，陌巷①清音韵不孤。

梦远应知须励志，才疏莫笑自糊涂。

犹听素月琴三叠，只问青山酒一壶。

草木生香寻隐客②，痴心默默向诗途。

【注释】①陌巷：《论语·雍也》有"一箪食，一瓢饮，在陌巷，人不堪其忧，回也不改其乐。"②"草木生香"句，指房山诗人宋家骧所著《人间草木词》。

冬至日吃饺子有记（平水韵）

2020 年 1 月

每逢佳节乐融融，水饺多姿盛宴同①。

五谷曾经装百味②，三冬不改饮千盅。

桌前品出新春曲，梦里萦思老宅风。

巧手包来弯月好，指间记忆又匆匆。

【注释】①"水饺"句，冬至有吃饺子的习惯。②"五谷"句，俗语有"饺子就酒，越喝越有"。

农事（平水韵）

2020 年 2 月 28 日

惊蛰轻雷草木萌，农家早起备春耕。

西畴耒耜翻田垄，南陌牛羊向野坪。

汩汩清溪桥下淌，悠悠白鸟岭前鸣。

怀乡不作离乡曲，我有诗词稼穑声。

【题解】春日，忽忆儿时农事，作七律记之。

题地质魂酒（平水韵）

2020 年 3 月

匠心独具韵流香，把酒东篱唤客尝。

梦向金樽摇玉液，曲从锦瑟入琼浆。

刘伶一品春山醉，太白三巡晓月藏。

佳酿经年留美誉，开怀尽处饮千觞。

紫砂壶（平水韵）

2020 年 5 月 1 日

亿万年来育紫砂，天然造物蕴精华。

逍遥半月丹青妙，自在西施①气韵嘉。

四五仙人吟岭树，三千弱水入春茶。

云闲一去红尘里，缕缕清香醉几家。

【注释】①"半月"和"西施"都是紫砂壶的壶型名称。

网购戏作（平水韵）

2020 年 5 月

荧屏购物两三天，淘宝京东逛大千。

有酒有书传醉意，无风无雨享陶然。

商家北去双簧管，快递南来并蒂莲。

满室琳琅添感慨，几多数字几多钱。

步韵潜东篱兄《无题》（平水韵）

2020 年 6 月 5 日

童年趣事多双关，赤脚溪中梦不闲。

一洞探寻非一洞，三山翻过又三山。

草旁扰扰听蛩醉，牛背悠悠伴月还。

且借天边鸿雁影，诗情几许寄云间。

【题解】潜东篱，旅居海外，善古体诗，工七律。

附：潜东篱先生原诗《无题》（平水韵）

风尘吹不到乡关，暂借农场为养闲。

痴看牛羊吃青草，如披翠雨过深山。

两匹老马鸣相唤，一片野花开未还。

暮晚悠悠常散步，清香路上淡人间。

茨尾河赏荷（平水韵）

2020 年 6 月 23 日

曲径长堤水几弯，莕荷留我赏娇颜。

田田碧叶^①承珠玉，潋潋^②清波映柳鬟^③。

歌赋生香佳句里^④，丹青入韵小舟间^⑤。

新妆弄影亭亭立，始觉红尘不用还。

【注释】①田田碧叶：《汉乐府》有诗"江南可采莲，莲叶何田田"。②潋潋：指水波流动。③柳鬟：指垂柳的枝条。④"歌赋"句，指自古描写荷花诗文很多。⑤"丹青"句，指先贤画家笔下的荷花。

题史家营旅游风景区（平水韵）

2020 年 7 月

风光旖旎杏花天，百瑞祥和绽圣莲。

涧水潺湲留梦影，奇峰缭绕锁岚烟。

轻歌一曲芳菲境，弹拨三声浪漫弦。

邀客凭栏遥望久，画廊尽处醉千年。

【题解】史家营旅游风景区，包含百瑞谷风景区、圣莲山风景区等。

登猫耳山（平水韵）

2020 年 7 月 17 日

巍峨岑嶂势连天，猫耳峰头满翠烟。

坡麓送迎云兔走，松涛涌起角鹰旋。

山中岁月空馀画，棋里功名已忘年。

共与长风臻此境，何须悟道问尘缘。

【题解】猫耳山位于房山区，海拔 1307 米，顶部有二峰突起似猫耳，故名。《房山县志》记载："茶楼顶在县西二十里上有金章宗歇凉台。"山上青石刻有棋盘。

参观邓华司令员史家营指挥部旧址（平水韵）

2020 年 7 月 20 日

峥嵘岁月战同仇，不逐蛮夷誓不休。

还我山河军号急，运筹帷幄鼓声稠。

刺刀照影巡千嶂，披甲追风为九州。

别有豪情戎马里，纵横叱咤护金瓯。

【题解】1938 年，邓华司令员在史家营大村涧村灰青涧张成凤家北大屋设立办公地点，组织会议，研究作战部署。

参观萧克司令员史家营指挥部旧址（平水韵）

2020 年 7 月

重峦叠嶂隐云村，烽火狼烟记忆存。

横槊临危驱鬼魅，枕戈决策转乾坤。

屋檐不解窗前影，风雨犹知壁上痕。

猎猎旌旗鏖战处，江山万里慰忠魂。

【题解】1939 年 2 月，萧克任冀热察挺进军司令员兼政治委员，将作战指挥所设在百花山显光寺内，在此指挥了多次抗日战役，为平西抗战、民族解放做出了巨大贡献。

题马文亮秋林铺一雷退千军（平水韵）

2020 年 7 月

溪流缓缓寂无声，见证当年赤胆行。

窄路崎岖前岭远，危崖断续小桥横。

铁雷一怒摇空谷，电火千钧势压城。

热血男儿家国事，山川史册记英名。

【题解】1943 年 8 月，日伪军对史家营进行扫荡，马文亮等接到命令进行反"扫荡"，开展地雷战，在秋林铺村中一座石桥上放置了地雷。敌人触发，惊慌撤退。此诗收录在《花上人间——百花山诗社作品集》（吉林出版集团股份有限公司）一书中。

参观瑞云寺兵工厂有感（平水韵）

2020 年 7 月

群峰迢递莽苍苍，古寺兵工瑞蔼藏。

星火经年天上月，蛟龙借道岭前梁。

虹霓不待寻云梦，霹雳犹闻赴国殇。
壮丽山河多锦绣，葱茏又是百花香。

【题解】瑞云寺在百瑞谷风景区内，位于房山区史家营乡曹家房村，建于北周时期，现存建筑为清代重修。该寺为佛教圣地，抗日战争时期是八路军的兵工厂，为抗战胜利发挥了重要作用。此诗收录在《花上人间——百花山诗社作品集》（吉林出版集团股份有限公司）一书中。

无题（平水韵）

2020 年 12 月

巷陌弦轻盼客归，风前乱絮故飞飞。
吟诗自述犹追梦，煮酒偷闲向落晖。
旧句方知多未得，初心不问两相违。
文章架上添疏影，总忆童年杏子肥。

沉痛悼念冯绍邦先生（平水韵）

2020 年 8 月 8 日

云水诗飞韵不休，缘君结社竞风流①。
百年俯仰藏经阁②，一字推敲听雪楼。
南亩忘机知有道，东篱把酒在无求。
枫窗赏景期新月，别样才情砚底收。

【题解】1.冯绍邦，1942 年生，北京房山人。云水诗社发起人之一，并担任云水诗社第一任社长；《北京诗苑》编委；

曾任房山区诗词楹联学会副会长、房山云水诗社顾问。著有古体诗《枫窗闲赋》、《听雪楼诗稿》、《云水诗抄》（合著）、《西山知秋》（合著）、《锤镰颂歌》（合著）等。2.余撰挽联哀悼绍邦先生：星河寂寂，天风送去乘槎客；韵海茫茫，云水痛失领路人。

【注释】①"缘君"句，指冯绍邦先生等人于2007年成立云水诗社。②"百年"句，指先生博学，著有《枫窗闲赋》《听雪楼诗稿》。

秋日登长城（平水韵）

2020 年 12 月

岚烟袅袅一天秋，塞外登高百尺楼。

势压千峰怀汉将，气吞万壑把吴钩①。

影斜栈道②功名在，风老松涛况味留。

烽火皆因家国事，前山野径几人游。

【注释】①吴钩：春秋时期流行的一种弯刀，它以青铜铸成，是冷兵器里的典范，后被历代文人写入诗中，成为驰骋疆场、励志报国的精神象征。②栈道：指沿悬崖峭壁修建的道路。

丙申回望（平水韵）

2016 年 12 月

曲赋词章润岁华，情深每伴紫烟霞。

三分笔墨三更月，一卷诗书一盏茶。

斗室推敲翻旧作，兰亭唱和绽新花。

徜徉总被清音醉，旭日楼头照我家。

高山滑雪（新韵）

2021 年 1 月

群岭连绵气势雄，红装映雪聚豪英。

雏鹰试翼疾驰过，骏骥①绝尘任意行。

且遣激昂寻赛道，惟因叱咤御长风。

五环奥运旌旗展，携手欢歌四海同。

【注释】①骏骥：泛指良马，这里指滑雪运动员。

诗意茶香赞宁波

2021 年 4 月

波宁海阔话明州①，月照千年古韵留。

逸客行前常作赋，藏书览后始登楼②。

品茶淡淡三春醉，听雨疏疏一盏收。

且共芬芳迷胜境，长居乐此不新游。

【注释】①明州：宁波古称明州，后取"海定波宁"之意，改名为宁波。②"藏书"句，宁波有著名的天一阁藏书楼，清乾隆年间，编修《四库全书》，天一阁曾献出珍本 638 部。

游白草畔（平水韵）

2013 年 7 月 12 日

弯弯山路舞春光，杨柳轻吟韵味长。

草甸青茵连远树，野花烂漫沐骄阳。

静听林海松涛起，闲看晴空飞鸟翔。

极目千峰藏锦绣，神怡气爽尽馨香。

【题解】房山白草畔自然风景区位于房山区霞云岭乡四马台村。白草畔是百花山的主峰，海拔 2035 米。

辛丑立夏前两日访友补记（平水韵）

2021 年 5 月 18 日

向晚①迟来数抹霞，柴篱竹院自清嘉②。

疏疏曲径二三树，漾漾方塘四五花。

绿野侵阶新煮酒，碧泉入瓮细烹茶。

山中不负春光老，云梦何人寄岁华。

【注释】①向晚：天色将晚，傍晚。②清嘉：美好。

闻谭泽先生诗集付梓有感（平水韵）

2021 年 5 月 13 日

松风不老付瑶琴，峻岭江天自在吟。

但见谈经双雁落，从来洗砚一池临。

高楼携赋无疏语，大地飞歌有妙音。

信步凭栏方寸远，人间问道是诗心。

【题解】1.谭泽，曾任房山诗词楹联学会副会长，云水诗社发起人之一，著有《谭泽吟稿》《谭泽印丛》。2.云水诗社谭泽先生诗集发布暨研讨会在云水活动日召开，新朋老友，其乐融融。史冰老师和姜玉卉老师用京剧唱段助兴，把发布、研讨会推向高潮。3.谭泽先生诗词结集《谭泽吟稿》，凡四章，一曰：竹枝叠翠；二曰：古韵新声；三曰：古风今唱；四曰：心底放歌。计1730首，洋洋洒洒，蔚为壮观。凸凹先生欣然为其作序《一潭深水披大泽》，冯绍邦先生生前阅其初稿，亦大赞。辛丑夏月，先生诗词付梓，为云水庆贺之事，诸诗友贺诗连连，亦是云水槐月社课，遂结为一卷共赏，刊发于公众号，余贺诗忝列其中。

房山史家营放歌（新韵）

2021年6月1日

圣莲一朵向阳开，美景人文细剪裁。
夏梦携云穿古道，春风化雨润高台。
接天翠岭流岚醉，昂首金鸡报晓来。
致富拼搏凭两手，幸福硕果满山栽。

【题解】此诗获北京诗词学会第十六届端午诗会三等奖。

逢建党百年"天问一号"发射成功有感（新韵）

2021年6月11日

浩瀚苍穹万里行，执着追梦启新程。
道中问道知激荡，天外飞天任纵横。

宇宙寻呼千尺近，星辰探索几帆轻。

风姿烈焰凌云事，科技兴国不了情。

【题解】此诗在北京诗词学会公众号上发表。

雨夜痛悼李世文先生（平水韵）

2021 年 7 月

平生乐趣爱周游①，诗海扬波不系舟。

塞外罡风吹发乱，江南旭日照花柔。

清樽素影吟明月，快马轻装弃锦裘。

云水失声无道韫②，空将绮句卷中留。

【题解】李世文，云水诗社成员。

【注释】①"平生"句，指世文先生生前遍览名山大川，每到一处，多有佳句。②道韫：本指东晋才女谢道韫，这里代指李世文先生。

房山诗词楹联学会采风有记之二（平水韵　飞雁格）

2014 年 6 月 25 日

寻幽探古访青山，沿路馨香醉九天。

妙笔生花诗里月①，安邦献策画中禅②。

满枝绿翠藏银杏③，一脉清盈淌圣泉④。

最是家乡风景美，低吟浅唱忆先贤。

【题解】6 月 21 日，房山文联组织房山诗词楹联学会部分会员到姚广孝塔、奕绘顾太清园寝、河北铁瓦寺、万佛堂孔水洞等处进行采风活动。

【注释】①"妙笔"句，指奕绘顾太清诗词唱和。②"安邦"句，指姚广孝辅佐朱棣登基称帝。③"满枝"句，指河北铁瓦寺中的银杏树。④"一脉"句，指万佛堂孔水洞。

次韵李树先先生《赠评剧皇后王冠丽老师和〈海棠红〉剧组朋友们》（新韵）

2015 年 1 月 23 日

梨园春色润情长，恍若琼楼饮玉浆。

凤舞翩翩出韵味，蝶飞款款觅花香。

半生坎坷夕阳暖，一缕忧愁晓梦凉。

五彩菊坛添锦绣，引得墨客酒歌狂。

【题解】李树先，1948 年生，北京诗词学会常务理事，著有《岁月云烟录》四卷。

附：李树先先生原作《赠评剧皇后王冠丽老师和〈海棠红〉剧组朋友们》

传承薪火百年长，始信闻韶醉酒浆。

红似海棠犹带雨，白如霜玉更含香。

悲情妙尽千秋古，好梦愁圆半月凉。

大爱人间弘正气，蛾眉颦笑动潮狂。

南戴河自驾游（平水韵）

2014 年 8 月 8 日

盛夏离京自驾游，听涛赏景解烦忧。

茫茫天海成一色，渺渺烟波笼百舟。

月下娇花青岭树，杯中美酒碧空鸥。

秦皇岛外渔帆过，闲坐迎风数浪头。

【题解】南戴河，位于河北省秦皇岛市抚宁区，是著名的旅游度假区。

读宋家骧先生《撷瓣集》（新韵）

2013 年 12 月 2 日

银鬓倜傥谱华笺，喜乐烦忧两淡然。

泼墨常抒鸿鸟志，交朋多有著书缘。

笑谈音韵惊云水，俯仰山河做酒仙。

枫叶如丹秋正好，龙乡又见颂佳篇。

读林宗源先生《塔园集》有感

2013 年 12 月 7 日

耕耘默默几春秋，桃李枝繁硕果稠。

兴起挥毫多雅致，闲来览卷亦风流。

诗书尽写人间事，兰蕙轻飘锦绣楼。

词曲声声惊四座，塔园弄管意悠悠。

【题解】林宗源，教授，号塔园居士、塔园、塔园客，北京房山人。中华诗词学会会员，北京诗词学会常务理事，房山诗词楹联学会书记、常务副会长，原云水诗社社长。著有《蒲松龄传》《山高水长》，古体诗集《塔园集》等。

附：诗和志京老师

林宗源

万世蹉跎早识秋，如星点点夜空稠。

眼前有禄忙抽手，命里无官怕入流。

屡叹大苏诗累祸，深谙王粲赋登楼。

人生冲浪浮沉里，谁似白云闲且悠。

读姜玉卉先生诗词有感（平水韵）

2014 年 5 月

韶华相伴校园情，化作甘霖润物声。

三尺讲台留背影，一身德艺有师名。

诗佳词妙文风起，笛脆琴悠雅韵行。

莫道方塘池尚浅，源头活水①慰平生。

【题解】姜玉卉，1945 年生，房山佛子庄村人。中学高级教师，原北京诗词学会理事、原房山区诗词楹联学会副会长兼秘书长，著有古体诗集《圣水诗草》。

【注释】①源头活水：比喻知识只有不断更新和发展，才能使自己永葆先进和活力。此处指姜先生热爱文学。

观谭泽先生印丛又读其诗词而吟（新韵）

2014 年 6 月

平生快意但求真，篆刻诗书不倦身。

雁尾蚕头①抒雅志，银钩铁画入凡尘。

谁家院落溶溶月，几处竹枝淡淡春。

何用浮名说旧事，常怀坦荡做闲人。

【注释】①雁尾蚕头：指谭泽先生擅长隶书。

读颜景河先生诗词有感（平水韵　飞雁格）

2014 年 7 月 25 日

红旗猎猎舞军营，戎马年华苦乐情。

文体晨风迎旭日，燕山曙色聚群英。

落花杏雨观潮涌，走笔龙蛇伴纸行。

踏过人生深浅路，清吟斗室自从容。

【题解】颜景河，1945 年出生，山东滕州人。退休前在房山区委宣传部工作，曾任房山区文联副主席、房山诗词楹联学会会长。出版有诗集《永恒的山水》，有古体诗词作品入选《京华诗苑》《西山知秋》《锤镰颂歌》《云水诗抄》（一、二、三卷）等。

庚子岁杪①有记（平水韵）

2021 年 2 月 5 日

云浮峻岭墨留痕，素影灯前几字新。

有是劳劳弦外酒，无非扰扰世间身。

烟霞笔走惟存梦，丘壑胸藏不着尘。

渐觉时光摇句老，诗成每愧一枝春。

【注释】①岁杪：指年底，也称岁末。

七绝的四种基本格式

一 仄起首句押韵

⊙仄平平仄仄<u>平</u>，⊙平⊙仄仄平<u>平</u>。
⊙平⊙仄平平仄，⊙仄平平仄仄<u>平</u>。

二 仄起首句不押韵

⊙仄⊙平平仄仄，⊙平⊙仄仄平<u>平</u>。
⊙平⊙仄平平仄，⊙仄平平仄仄<u>平</u>。

三 平起首句押韵

⊙平⊙仄仄平<u>平</u>，⊙仄平平仄仄<u>平</u>。
⊙仄⊙平平仄仄，⊙平⊙仄仄平<u>平</u>。

四 平起首句不押韵

⊙平⊙仄平平仄，⊙仄平平仄仄<u>平</u>。
⊙仄⊙平平仄仄，⊙平⊙仄仄平<u>平</u>。

注：其中⊙表示可平可仄，下划线字押韵。

十渡行（新韵）

2012 年 7 月

一山才去众山来，路到迷茫山自开。

归棹随波游客醉，白云戏水入诗怀。

【题解】十渡位于北京市房山区西南。拒马河依山奔流，因有十个渡河的摆渡渡口，故而得名"十渡"。

自题（新韵）

2012 年 11 月 4 日

一

吟诗作赋几多篇，斗室观书枕卷眠。

闹市悠然寻雅趣，荡舟云水自悠闲。

二

仄仄平平做小诗，清风笑我几多痴。

推敲再问平平仄，泉涌文思四海驰。

风筝（新韵）

2000 年 5 月

万里晴空万里风，纸鸢①起舞要高升。

扶摇直上云端处，摆布随人才纵横。

【注释】①纸鸢：指风筝。

中国梦（新韵）

2013 年 6 月

叠翠重峦伴绿波，江山如画景观多。

编织五彩中国梦，一曲拼搏唱好歌。

红螺三险（平水韵）

2013 年 7 月

巉刻①悬崖人动容，苍茫云雾掩青松。

登高尽显英雄色，路远迢迢向险峰。

【注释】①巉刻：险峻陡峭。

天津行（新韵）

2013 年 8 月

风驰电掣向津门，窗外迎来赏景人。

凑趣骄阳频摆手，勤说帮我洗纤尘。

【题解】2013 年 8 月 6 日，余参加全国百佳语文教师论坛离京赴津，乘坐高铁，车速快而平稳，车窗外美景瞬间远逝。车内指示屏显示车速每小时 280 公里左右，车外温度 35℃，骄阳似火，车内却凉爽宜人。

读绍邦先生作品集（新韵）

2013 年 9 月

喜得绍邦先生《听雪楼诗稿》，读之受益良多，再读《枫窗闲赋》有感而吟。

闲赋枫窗景色佳，凭栏远眺韵生花。

观书赏画寻真趣，听雪楼中漫品茶。

【题解】冯绍邦先生古体诗集《听雪楼诗稿》结集赠我。我早期曾收藏先生《枫窗闲赋》。

十渡记趣（平水韵）

2015 年 8 月

清波远去醉农家，灯火岸边听落花。

赏景不知身是客，葫芦架下品香茶。

元旦戏作（新韵）

2014 年 1 月 1 日

晴空丽日久相违，稚子谁家怨暖晖。

只盼年来三尺雪，北国万里斗芳菲。

【题解】2014 年元旦，气温攀升至 10℃，前几日雾霾一扫而光。今冬还未降雪。

马年第一场雪（平水韵）

2014 年 2 月

短巷篱墙小径东，银装素裹瞰[①]皆同。

迟来甲午连天雪，乐向昌年[②]五谷丰。

【题解】冬无雪已多日，甲午年正月初七夜喜降瑞雪。

【注释】①瞰：远望。②昌年：谓太平盛世。唐阎朝隐《夜宴安乐公主新宅》诗："凤凰鸣舞乐昌年，蜡炬开花夜管弦。"

雾霾（新韵）

2014 年 2 月

蔽日遮天说雾霾，晨昏正午叹浮灾[①]。

关门闭户忧康健，久盼天蓝丽日来。

【题解】2014 年 2 月，北京经历持续时间最长的雾霾，一周未见阳光。

【注释】①浮灾：骤来的灾祸。

读宋家骧先生《大房山樵歌》（平水韵）

2012 年 12 月

大房山麓唱樵歌，诗韵飘飘典故多。

绿水青山一画卷，竹枝百首荡清波。

【题解】《大房山樵歌》是 100 首歌咏房山的竹枝词。

房山诗词楹联学会采风有记四首（新韵）

2014 年 6 月

一　姚广孝塔

禅音远去亦巍峨，永乐随风送逝波。

多少人生成败事，千年宝塔诉传说。

【题解】姚广孝塔，位于北京市房山区青龙湖镇常乐寺村。姚广孝为明朝苏州人，字斯道。16 岁出家，法名道衍，是明成祖朱棣的重要谋士，授其太子少师。姚广孝规划了北京城布局，担任《永乐大典》和《明太祖实录》的编撰官。逝后，朱棣追封姚广孝为荣国公，葬于房山。

二　大南峪奕绘、顾太清园寝

崇山峻岭掩喧嚣，郁郁葱葱涌碧涛。

又过当年廊宇处，青苔细草寄思潮。

【题解】奕绘，清高宗曾孙，嘉庆中袭爵贝勒，累官正白旗汉军都统，笃好风雅。顾太清，是奕绘的侧福晋，著有词集《东海渔歌》和作品集《天游阁集》。时人八旗论词：男中成容若（纳兰性德），女中太清春（顾太清）。

三　河北铁瓦寺

圣水轻吟尽日长，斑驳铁瓦伴红墙。

经年总是花开早，银杏匀得半月香。

【题解】铁瓦寺位于北京市房山区河北镇政府院内，因殿顶满铺铁瓦而得名。铁瓦寺是一座圆形的建筑，高 6 米，直径 5.8 米，殿墙刷成铁红色。殿顶铁瓦计 458 块，总重量约 1882 公斤。

四　万佛堂孔水洞

大房山麓育灵泉，孔水仙舟溯本源。

风雨沧桑花塔在，钟鸣梵刹几重天？

【题解】万佛堂建在孔水洞出水口的墩台上。始建于唐玄宗时期，原名龙泉寺，后改大历禅寺。孔水洞是天然溶洞，洞内有泉，古人记载可乘舟驶入。离洞口不远的石壁上有隋唐时代的造像和刻经。孔水洞古时曾称"龙泉"，北魏郦道元所著《水经注》有记载。

读崔育文老师诗词有感（新韵）

2014 年 8 月

雅俗共赏自一家，诗意悠悠拱嫩芽。

些许寻常街巷事，书生妙笔亦生花。

【题解】崔育文，1942 年生，北京房山区佛子庄乡二道沟人。中华诗词学会会员，解放军红叶诗社社员、特邀编委。曾任北京诗词学会两届理事、观园诗社和房山诗联学会副会长，云水诗社发起人之一。

围棋（新韵）

2013 年 4 月

帷幄筹谋巧布兵，狼烟处处见刀弓。

乾坤纵横八千里，斗智人生第几重？

观画（平水韵）

2014 年 9 月

危崖雄踞理雕翎，爪利如刀目似星。

展翅翱翔何所惧，击空必是海东青①。

【注释】①海东青：一种猎鹰，属于大型猛禽。

游牛口峪（平水韵）

2014 年 9 月

远峰近岭觅山青，几树红黄染小亭。

秋色一池含碧水，晨曦摇落满天星。

【题解】牛口峪湿地公园位于北京市房山区。牛口峪水库建于 1960 年，占地 1.4 平方千米，水域面积 80 万平方米。水源主要来自于燕山石化经装置处理后达标排放的生产、生活废水。公园景观引人入胜。

与立祥兄王兄建国兄小聚，席上观建国兄画作有感（新韵）

2014 年 10 月

藏锋蓄势在书斋，指点江山砚里来。

正是惊涛携翰墨，丹青气象万千开。

【题解】甲午秋日，与立祥兄王兄建国兄小聚，席间观建国兄画作，山自有神韵风采，水自有惊涛裂岸，志京有感而作。

记乡村医生王金海大夫（新韵）

2014 年 7 月

妙手回春治病身，悬壶济世最情真。

平生无悔拼搏事，一路执着追梦人。

【题解】王金海，北京金海中医医院院长。医院位于房山区张坊镇张坊村，长年为周边百姓服务。

周六参观清华大学有感（平水韵）

2014 年 12 月 20 日

百年厚重铸清华，水木书香醉万家。

月色荷塘同入梦，琴弦拨处绽心花。

【题解】清华积淀百年深厚底蕴，泽被后世……学子纷至沓来。余不惑之年，怀少年旧梦，携久慕之情，游览之，感慨之。

无题（平水韵）

2015 年 1 月

犹忆师生一段缘，诗书翰墨伴华年。

光阴荏苒谁留住，淡淡馨香岁月牵。

【题解】感慨二十年弹指一挥间，往事如烟，师生缘是不经意的邂逅，回首是青葱岁月的留恋，回首是青春的浪漫，回首是太多的感慨无眠……

门头沟爨底下村（平水韵）

2015 年 2 月

郊游不意到村深，小巷民风古朴存。

门外石阶扶杖叟，闲谈岁末话鸡豚。

【注释】爨底下村，又名川底下村，位于北京市门头沟区斋堂镇，建村于明代。

小镇访友（平水韵）

2015 年 2 月

悠然拄杖过山村，月影婆娑慢叩门。

错向清风题锦句，雪泥鸿爪怎留痕①。

【注释】①"雪泥鸿爪"句：鸿雁在雪地上留下爪迹，比喻往事的痕迹。宋苏轼《和子由渑池怀旧》诗："人生到处知何似，应似飞鸿踏雪泥。泥上偶然留指爪，鸿飞那复计东西。"

清明游丰台千灵山（新韵）

2015 年 4 月

桃花艳艳柳青青，碧水盈盈伴远峰。

莫问寻春得几许，一山笑语最分明。

【题解】千灵山位于北京市丰台区王佐镇，景区千峰竞秀，景色优美。

纪念汪国真先生（平水韵）

2015 年 5 月

长歌短句写纯真，花落花开一代人。

妙笔丹青吟晓月，含情草色总清新。

【题解】汪国真先生的诗影响了一代人，2015 年 4 月 26 日凌晨 2 点 10 分，汪国真先生去世，享年 59 岁。和汪国真老师在一个微信群里，现在只能看到微信的图标。先生作品长存。

游园博园（平水韵）

2013 年 10 月 20 日

人文美景一园收，满眼风光晓九州。

池柳随波留倩影，夕阳斜照染金秋。

【题解】北京园博园，是一个汇集园林艺术、文化景观、生态休闲的大型公园。

和顾太清七绝《读光武本纪》（新韵）

2015 年 8 月

一代英豪踏战尘，从来霸业少庸人。

夕阳尽染天边色，别样诗文感叹深。

【题解】房山诗联学会唱和顾太清百首诗之一，收录在《房山大南峪与顾太清》。

附：顾太清原诗《读光武本纪》

十三轻骑霸乾坤，城上披图更几人。

一笑中原挥顾定，井蛙安识帝王真。

用顾太清《为介庵王孙画牡丹纨扇》韵（新韵）

2015 年 8 月

落日余晖伴晚霞，竹箫曲罢赏梨花。

清香欲待留长驻，早入村郭四五家。

【题解】房山诗联学会唱和顾太清百首诗之一，收录在《房山大南峪与顾太清》。

附：顾太清原诗《为介庵王孙画牡丹纨扇》

一夜东风散绮霞，九天清露护仙葩。

临窗自写瑶池影，特赠王孙富贵花。

读抗战诗歌而吟（平水韵）

2015 年 9 月

血染清秋几树枫，犹思抗战众英雄。

书生不做江边客，为国捐躯敢向东。

有感（新韵）

2015 年 9 月

一字为学总是痴，育德启智未迟迟。

东园桃李花开早，醉里丹青果满枝。

闻洪波喜获 2015 诗词中国"网络影响力诗人"，以诗相贺（平水韵）

2015 年 12 月

长安大道纵横来，马过重关一啸开。

清韵春深香满路，且将佩剑化诗才。

【题解】安洪波，诗人、编辑，就职于中国作家协会《诗刊》社。

论诗四首（新韵）

2016 年 3 月

一

绮句繁词满纸空，千篇阅后总前声。

黄鹂几处啼人醉，婉转高低各不同。

二

新月一弯伴雅风，人生百态画真容。
春寒育蕾枝头上，事理还存物外中。

三

寂寞蝴蝶惹乱红，无心戏蕊去匆匆。
浅尝不辨思辄止，恰若一江水向东。

四

不循古法乱今声，何日云开见月明。
摘句寻章诗一首，平平仄仄亦抒情。

兰花

2016 年 2 月

幽兰紫苑吐芳心，一叶随风醉浅深。
有意轩亭留赏客，诗肥画瘦伴丝琴。

咏琉璃河梨花（平水韵）

2016 年 4 月 2 日

醉里东风染蕊黄，琼葩簇簇数枝长。
低头偶得梨花句，尽是悠悠瑞雪香。

【题解】北京房山区琉璃河镇贾河村，是著名的京南梨乡。
梨树种植面积超过万亩，是华北地区面积最大、最古老的梨
园。园中百年老梨树 17000 余棵，树龄最长的在 300 年以上，
是春季踏青赏花的好地方。

记水岸花田油菜花（平水韵）

2016 年 4 月

长沟贡米溢清香，一水闻名动四方。

好事东风添美景，吹开百亩菜花黄。

逢建党 95 周年游堂上红歌诞生地感怀五首（新韵）

2016 年 5 月 14 日

一

霞云岭上忆烽烟，一曲红歌响彻天。

再踏征程追夙梦，锤镰指引我争先。

二

画舫南湖月似钩，历经九秩五春秋。

同心共建旌旗展，堂上红歌唱不休。

三

信念如磐理论真，红歌一唱倍觉亲。

词飞韵动吟新貌，默默耕耘创业人。

四

群峰巨谷引长风，万里河山气势雄。

大地红歌飞岭上，激情浩荡满苍穹。

五

岭上春花遍地香，人民写就大文章。

河山锦绣登高望，唱响红歌建设忙。

【题解】《没有共产党就没有新中国》这首歌诞生在北京市房山区霞云岭乡堂上村。当年，曹火星先生激情满怀地在这里谱写下了这首歌。

游全国最美休闲乡村"山里寒舍"（平水韵）

2016 年 5 月

越上层峦第几重，民家院舍觅前踪。

梧桐引凤山乡变，惹我诗思兴味浓。

【题解】密云北庄镇干峪沟，这里山深林密，以其独具特色的民宿"山里寒舍"闻名京畿。

赠复旦大学原校长杨玉良院士（平水韵）

2016 年 2 月

余不敏，勉凑韵，作七言绝句一首。书法家张毅先生书，赠复旦大学原校长杨玉良院士。

大千奥妙有真知，万象神奇论剑迟。

曲直是非皆物理，书中探索正当时。

访友（平水韵）

2016 年 6 月 10 日

篱墙院树旧时苔，半掩柴扉唤友来。

豆腐青蔬加老酒，夕阳一醉卧高台。

诗词论谈归来有吟（平水韵）

2016 年 6 月

诗香绕室韵思飞，畅论芭蕉瘦与肥。

且把心声吟好句，京华一醉月明归。

【题解】人民出版社读书会古典诗词十谈，我作为主讲嘉宾参加了"三谈"，这首诗是第六谈后所写。这期其他主讲嘉宾有时任北京诗词学会会长张桂兴，中华诗词学会学术部主任李葆国，北京诗词学会副会长董澍，中华诗词研究院学术部负责人莫真宝，诗人、书法家熊盛荣，古典文献编辑、诗人高国普。

北京会议中心晓记（平水韵）

2016 年 7 月

溽暑熏蒸借雨消，园中漫步自逍遥。

晨风送我清香里，次第花开过小桥。

【题解】余与姜玉卉先生、张长水先生、黄志先生等在此学习，晨起得句。

老屋情（平水韵）

2016 年 8 月 16 日

老屋依稀梦旧容，流年故里寄情浓。

谁知一夜相思雨，遍洒山川座座峰。

【题解】刘振杰先生一幅老屋照，引诸诗友感慨万千：眼中景，笔下情，长歌赞，短曲吟……遂成就老屋盛会。余读之情不能自已，作七绝《老屋情》。

步韵振杰先生老屋诗（平水韵）
2017 年 3 月 14 日

风轻且醉故乡诗，一字情深热土时。
谷静云闲溪水远，山花早绽报春知。

有感振杰先生家乡留影，诗友老屋道情（平水韵）
2017 年 4 月 14 日

溪边赏景觅鹅黄，故里情深岁月香。
似见当年泥土路，三三俩俩读书郎。

泰国行三首（平水韵）
2016 年 8 月

一　飞泰途中

九霄天外驾长风，漫步云端气势雄。
欲觅仙人相对饮，涛飞浪涌去匆匆。

二　酒店外留影

异域风光浅海边，椰林影小百花妍。
归来拾取当时景，最忆桥头圣水莲。

三　过帝王岛感怀

海外扬波涌碧涛，弄潮逐水气堪豪。
何人著史何人记，一浪冲天一浪高。

丙申杂诗（平水韵）

2016 年 9 月

行行止止复行行，记取关山一月明。

又见门前春草绿，吟笺几字任人评。

与星翰诗友在佛子庄时光驿站农家院小饮（平水韵）

2016 年 9 月

风静云闲午日斜，林深犬吠有人家。

溪边小院沽村酒，把盏东篱说永嘉①。

【注释】①永嘉：这里指"永嘉四灵"，南宋 4 位浙江永嘉籍诗人徐照（字灵晖）、徐玑（号灵渊）、翁卷（字灵舒）、赵师秀（号灵秀）。

拜谒万佛堂孔水洞（平水韵）

2016 年 9 月

巍峨两塔阅春秋，更有龙泉作浅流。

几处青藤缠玉树，山中又忆少年游。

【题解】和星翰诗友采风，再次拜谒万佛堂孔水洞。

晨起但见雾锁霾拥，车人迤逦前行，隐约可见，霾中得趣（新韵）

2016 年 12 月

雾重霾浓久不消，江南水墨几舟摇。
谁人自是丹青手，展卷挥毫画作高。

和晨光《云水情》兼寄云水诸君

2017 年 1 月

金鸡啼破雾霾天，云水高歌送旧年。
一点轻舟疏影里，情思尽处满诗笺。

农历腊月二十三有记（新韵）

2017 年 1 月

匆匆步履踏清寒，又忆糖瓜送小年。
大火柴锅香满院，一家笑语到村边。

【题解】农历腊月二十三，俗称"小年"，是民间祭灶的日子。

次韵明唐寅《题金鸡报晓图　其一》（平水韵）

2017 年 1 月 28 日

庭前昂首抖金翎，啼落枝头四五星。
自是一鸣天下白，王侯将相几人听。

附：唐寅原诗《题金鸡报晓图》　其一

武距文冠五色翎，一声啼散满天星。
铜壶玉漏金门下，多少王侯勒马听。

丁酉上元月（平水韵）

2017 年 2 月 14 日

疏星几点夜来迟，但见飞花映玉枝。
借得杯中天上月，一轮皎皎照心痴。

警事（平水韵）

2017 年 3 月 27 日

琐事寻常总是痴，归来梦里几人知。
柔情铁骨春秋度，默默花开一首诗。

【题解】与公安文联诗友雅集，作七绝一首，向人民警察致敬！

人民警察赞

2019 年 8 月 24 日

铁血丹心凭一肩，警徽闪耀警情牵。
风流浴火前行路，且把忠诚写满天。

【题解】国艺新时代和全国公安文联的活动《公安诗歌与家国情怀》，我作七绝一首《人民警察赞》。

归乡踏青（平水韵）

2017 年 3 月 30 日

寻春故里岂寻春，小院柴门伴旧邻。

幼犬声声谁是客，皆因错做赏花人。

科比·布莱恩特（平水韵）

2016 年 2 月

独步江湖霸气留，腾挪闪展使人愁。

笑容总在成功后，背转英姿那一投。

【题解】科比·布莱恩特，是美国 NBA 一位极其出色的球员。

步韵李世文先生《咏柳絮》（平水韵）

2017 年 4 月 15 日

上下随风尽细绒，犹将别绪寄青空。

群芳吐艳春山路，不怨身轻怨不同。

附：李世文原诗《咏柳絮》

春柳残花吐绣绒，随风漫舞梦行空。

轻盈醉落偏如雪，又诉离愁岁岁同。

题书樵先生《松骨山魂》画作（平水韵）

2017 年 4 月

峻岭逶迤气势雄，霞云灿灿映山红。

千村万户歌声起，一梦同圆唱大风。

【题解】此诗题于房山区美协主席王书樵先生画作《松骨山魂》。

红楼有梦感吟（平水韵）

2017 年 5 月 3 日

四月芳菲四月天，谁人一曲惹丝弦。

轻歌早伴霓裳舞，汉韵唐风满素笺。

游白瀑寺（平水韵）

2017 年 11 月

松风过耳过重山，细雨轻轻看似闲。

不慕长安名利客，禅心总在水云间。

【题解】白瀑寺位于北京市门头沟区雁翅镇，始建于辽代，因背临两处瀑布而得名，于 1998 年重修。

敬赠孙晶岩老师（平水韵）

2017 年 9 月

秋分，聚于京，与著名作家孙晶岩老师雅集，新朋老友，其乐融融。做七绝，书法家张成银先生书写，赠与孙晶岩老师。诗曰：

> 流香翰墨满京华，雅苑芬芳蝶恋花。
>
> 道义琴心家国事，文章几卷醉朝霞。

【题解】孙晶岩，大学教师、国家一级作家、中国报告文学学会理事、河北师范大学特聘教授、致敬改革开放 40 年 40 人中国最具影响力十大公益人物、第四届北京十大榜样、人民出版社读书会全民阅读推广优秀名家。

步韵肇春先生七绝咏李梦潇（平水韵）

2017 年 9 月 27 日

> 玲珑侧影正花开，百卉芬芳大舞台。
>
> 一展歌喉惊满座，清新稚气送春来。

曲水兰亭诗社成立感怀

2017 年 9 月

> 汇聚群贤一阕情，诗心缱绻戒浮名。
>
> 风流笔蘸春秋墨，平仄乾坤任纵横。

【题解】丁酉仲秋，天高云淡，花黄枫红，诸君聚于北京，结社吟咏，名曰：曲水兰亭。诸君笔下诗词，或发古今之忧叹，或吟山河之壮美，或歌英雄之气节，或颂人性之光辉，或扬民族之精神，不一而足，自有一番气象。诸君携手，百尺竿头，更进一步。诸诗友互帮互助，静思笃学，推敲词句，锤炼诗意，谦虚上进。诗词之清香袭人，值此曲水兰亭盛事，感慨万千，由是作七绝《曲水兰亭诗社成立感怀》。

中秋得句

2017 年 10 月 4 日

举筯饮尽一壶春，锦瑟轻弹客梦身。

寂寞长街疏影里，多情明月待何人？

观吴为山先生雕塑作品有感（平水韵）

2017 年 10 月

谁寄风姿写意间，水云吴带①过重山。

蓬莱②纵有遥迢路，问道③无声月半弯。

【题解】吴为山，1962 年生，江苏东台人，中国美术馆馆长。此诗由书法家张庆书写，赠予吴为山先生。

【注释】①吴带："吴带当风"，此处指写意雕塑高超的技法和飘逸的风格。②蓬莱：本是"仙境"的代名词，此处指最高的雕塑境界。③问道：吴为山先生有雕塑名作《问道》，此处又有学习雕塑的最高境界的意思，双关语，意指吴先生在雕塑上不仅有天赋，且勤奋。

题吴为山先生雕塑《米芾》（平水韵）

2017 年 10 月

平生醉向笔中求，砚海狂澜一纸收。

错落参差随意趣，无弦翰墨尽风流。

题吴为山先生雕塑《钱穆》（平水韵）

2018 年 1 月

水长路远探真知，世象无形化作痴。

莫问青山何不老，文章已是百年师。

观吴为山先生《杜甫草堂群雕·游学壮歌》（平水韵）

2019 年 6 月

清风拂去一肩尘，腹有诗书自是春。

意气由来凭妙手，千年韵味更无伦。

赏画（平水韵）

2018 年 1 月

一卷春光任剪裁，牧童横笛稚音来。

山花不解其中趣，只在篱边默默开。

喜得恭春先生诗集《闲者长歌》而吟（平水韵）

2018 年 1 月

沪上飞鸿送锦章，真情浪漫友情藏。

江边月夜笙箫曲，总伴诗词韵味香。

【题解】张恭春，中国化工企业管理协会副会长、中国化工作家协会理事、玉山县作家协会名誉主席。张先生赠我《闲者长歌》诗集，我以诗答之。

敬和张桂兴会长《老屋现象》（新韵）

2017 年 5 月

岁月匆匆记不真，乡音唤起恋乡人。

亲情早过千山外，血脉原来总自根。

寄语（平水韵）

2017 年 9 月

黉门学子爱书香，百炼方成淬火钢。

无悔青春拼搏事，雏鹰展翅正翱翔。

戊戌二月初一雪日有作（平水韵）

2018 年 3 月

莫道多情兀自羞，凭君漫舞尽轻柔。

谁人牵手琼枝下，一诺而今白了头。

戊戌二月十九日遇雪有作（平水韵）

2018 年 4 月

陌上桃花次第①开，青山秀水两无猜。

调皮只是清明雪，也作纤枝绽蕊来。

【注释】①次第：指依次，按照顺序或以一定顺序，一个接一个地。

北体大观艺术体操集训（平水韵）

2018 年 4 月

人间正是百花开，一路芳菲赏景来。

欲借佳词吟雅韵，忽惊仙子舞瑶台。

【题解】曲水兰亭诗社应田麦久先生之邀，到北京体育大学参观学习，观看了中国艺术体操队集训。

北体大观奥运冠军董栋训练（平水韵）

2018 年 4 月

巧借腾空世外身，轻盈化作力千钧。

弦音只合弦音曲，芭蕾飞天正醉人。

【题解】曲水兰亭诗社到北京体育大学参观，观看了中国蹦床队的训练，感受"力"与"美"的完美结合。有幸和伦敦奥运会蹦床冠军董栋近距离接触，合影留念。

自嘲（平水韵）

2018 年 6 月

碌碌奔忙四十秋，南墙不撞不回头。

闲时弄墨书斋里，几句歪诗纸上留。

杂咏（平水韵）

2018 年 6 月

无眠影乱恼词穷，半为花香半夏虫。

锦扇何须摇暑夜，凡心静处自清风。

山行（平水韵）

2017 年 7 月

远路逶迤①隐雾岚，寻芳避暑到山南。

林深细数枝头鸟，不问尘缘问老聃②。

【注释】①逶迤：这里指道路蜿蜒曲折。②老聃，即老子，姓李名耳，字聃。

曲水兰亭社课感怀（平水韵）

2018 年 9 月

蝉声渐老渐秋声，曲水兰亭又一程。

且学前人三五句，闲题月色寄诗情。

秋日观山（新韵）

2018 年 10 月

谁将岭上写寒烟，七日才分半日闲。

不为虚名常自乐，无须梦里数流年。

与星翰诗友霞云岭采风有感（平水韵 飞雁格）

2018 年 10 月

秋光向晚故逡巡①，老却丹枫一梦痕。

客醉山行谁醉我，诗情尽处最销魂。

【注释】①逡巡：有所顾虑而徘徊或不敢前进。

读田世海先生诗集《丝瓜架下》（平水韵）

2018 年 11 月

悟道田园日日忙，丝瓜架下语生香。

聊将俚曲添滋味，吟咏推敲数句长。

【题解】田世海，云水诗社成员，京南诗社副社长。

杂咏（平水韵）

2018 年 12 月

诗书在手几篇轻，世事常随笔墨行。

不问花红成过客，偏怜叶落响秋声。

题五里坨街道天翠阳光养老服务驿站（平水韵）

2019 年 2 月

尊亲敬老两情牵，未晚桑榆乐自然。

且赏花开花更好，康居颐养享天年。

【题解】国艺新时代文化名家进社区活动在北京市五里坨

街道西山机械厂社区举办，支持石景山区创建全国文明城区。活动后参观养老驿站，我作七绝《题五里坨街道天翠阳光养老服务驿站》，刊发在国艺新时代公众号上。

茨尾河漫步寻春随吟（平水韵）

2019 年 3 月

河边细柳展春姿，不解东风烂漫词。
谁向韶光摇绮梦，枝头悄绽寄相思。

【题解】茨尾河：由于河两岸生长了很多茨尾草而得名，今称"刺猬河"，全长约 17.5 千米。此河发源于古宛平县佛门沟（现丰台区王佐乡境内），从南四位（南茨尾）村入境，经崇青水库至固村，从良乡城穿过，在长阳镇注入小清河。

读梁衡先生《树梢上的中国》
又观铁瓦寺银杏古树有感（平水韵）

2019 年 3 月

铁干经霜岁月磨，参天傲立叶婆娑。
盘根大地留神韵，万木争荣一首歌。

【题解】曲水兰亭诗社社课，以梁衡先生《树梢上的中国》为题创作。此诗由书法家刘先德先生书写。

忆童年（平水韵）

2019 年 3 月

梦中春水梦中长，濯我童心洗我裳。

几树莺啼催绽蕾，读书不误好时光。

春日公园得趣（平水韵）

2019 年 3 月

微风款款送书香，翻去翻来阅几章？

稚气童音人莫笑，一篇一字度春光。

青龙湖森林公园踏青（平水韵）

2019 年 4 月

岭上春来韵自长，一枝半放一枝藏。

东风绻缱随归客，化作诗情满袖香。

读贾岛诗得句（平水韵　飞雁格）

2019 年 4 月

童子松前不诵经，云中一指入山行。

池边古寺推敲事，叩响千年月下声。

【题解】贾岛，唐代诗人，早年家贫，曾居房山，后出家为僧，法号无本，自号碣石山人。房山有贾岛生活的地方贾岛峪，建有贾公祠，有贾岛手植贾岛松（20 世纪 90 年代游客祭祀，经常浇白酒致死）。贾岛有"只在此山中，云深不知处""鸟宿池边树，僧敲月下门"等名句。

赠隗合明先生（平水韵）

2019 年 4 月

村前半亩种桑麻，悄绽诗田四五花。

故里山河多秀色，寻词只为咏京华。

【题解】隗合明，1947 年生于北京市房山区，长安大学教授、地质学家，著有《地址旅程诗词选》。得先生签名诗集。

听黄晓丽老师京剧唱段与朗诵有感（平水韵）

2019 年 4 月

玉指兰花①四尺筝，轻音一曲可倾城。

痴心不舍千般韵，高亢低昂此处生。

【题解】黄晓丽，中国通俗文艺研究会常务理事、中华经典全民诵读特邀诵读导师、阿紫朗诵艺术团团长。

【注释】①玉指兰花：此处指"兰花指"。

舒惠国先生赠书，观其书法有感（平水韵）

2019 年 7 月

形意风流翰墨飞，砚田逸韵放春晖。

心中自有凌云笔，腕底馨香道法归。

扫黑除恶有感（新韵）

2019 年 6 月

利刃发硎映日骄，便知魑魅①断难逃。
乾坤正是春风劲，扫去残云现碧霄。

【注释】①魑魅：古代传说中的山川精怪。现多用来比喻坏人。

贺香山诗社春泽斋放歌（平水韵）

2019 年 6 月

浪漫诗心向旭阳，聚贤吟咏雅音长。
南风惬意催新梦，十里荷塘韵律香。

【题解】香山诗社，成立于 1987 年 5 月 23 日，是我国改革开放后北京市最早成立的诗词社团之一，是北京市诗词学会和海淀区文化艺术界联合会的骨干社团，现任社长张洪珍。香山诗社在圆明园春泽斋雅集，我受邀参加，代表云水诗社致贺。

东北行三首（平水韵）

2019 年 8 月 4 日—9 日

一　游沈阳故宫

斗拱飞檐不寂寥，炎炎夏日客如潮。
八旗跃马横戈地，留与风前一树摇。

二 过哈尔滨，于松花江畔夜饮

满船灯火伴江声，踏月寻香月正明。

酒向尘嚣浇后醉，霓虹闪烁入诗情。

三 长白山天池

林深掩映画中驰，碧水山巅作景痴。

弹指云天风雨过，自然造化探真知。

过定州①（平水韵）

2019 年 8 月

落尽繁华看纵横，梧桐叶茂几枝轻。

尘烟散去听兵事，才晓千年风雨声。

【注释】①定州：古代曾是中山国国都。

宿天津（平水韵）

2019 年 10 月

潋潋清波抱月眠，偶闻岸上两三弦。

喧嚣尽与金风去，心在云中客在船。

戊戌夏日雅集，与思敬先生畅谈，先生诗书满腹，受益良多，又读其诗有感

2019 年 8 月

论诗煮酒小桥东，书箧藏笺韵不穷。

只道临风香满袖，谁知铸剑十年工。

【题解】赵思敬，房山文化学者，现任房山诗词楹联学会会长。

附：赵思敬先生原诗《衰翁聚会》

负暄袖手矮墙东，踱步推敲韵未工。

惟有晚年添逸趣，酸甜苦辣一时同。

敬赠高昌先生（平水韵）

2019 年 10 月

谁将万象入吟笺，不负光阴五色弦。

借得三分窗上月，痴心默默种诗田。

【题解】1. 高昌，1967 年生，现任《中华诗词》杂志主编、中国文化报社理论部主任、中华诗词学会副会长。2. 参加国艺讲堂雅集，主讲嘉宾是高昌先生。此诗由张建业先生书写赠予高昌先生。

祝贺马宏侠老师孙女满月口占一绝

2019 年 12 月

春园蝶舞一花开，娇蕊留香艳艳来。

满室声声多悦耳，清新稚气有诗才。

【题解】马宏侠，房山诗词楹联学会副会长兼秘书长、云水诗社秘书长。马老师孙女满月，以诗贺之。

中医药发展 70 年有吟（平水韵）

2019 年 11 月

百草萌芽五味鲜，岐黄药理自千年。

娇花悄绽杏林里，方剂银针薪火传。

【题解】此诗由北京联合大学书法协会副会长姚铁力教授书写赠予谭凤森教授。

赠张建业先生（平水韵）

2019 年 12 月

池边洗砚墨留痕，山水云涛一纸存。

煮酒兰亭情未已，三千逸韵写心魂。

【题解】张建业，1964 年生，山东潍坊人，号鲁中布衣。当代知名书画家、篆刻家和诗人，通书画鉴赏。此诗由书法家陈廼中先生书写赠予张建业先生。

冬日有记（平水韵）

2019 年 12 月

寒天数九乱飞花，犬吠行人小径斜。

笔下诗词新句少，阶前赏雪咏蒹葭。

时值冬至集句以记（平水韵　飞雁格）

2019 年 12 月 22 日

年年至日长为客[①]，抱膝灯前影伴身[②]。

已有岸旁迎腊柳[③]，一阳先入御沟春[④]。

【题解】集句，摘取前人的诗句拼成诗。词也有集句而成的。

【注释】①杜甫七律诗《冬至》："年年至日长为客，忽忽穷愁泥杀人。"②白居易七绝诗《邯郸冬至夜思家》："邯郸驿里逢冬至，抱膝灯前影伴身。"③朱淑真七律诗《冬至》："已有岸旁迎腊柳，参差又欲领春来。"④王健七绝诗《冬至后招于秀才》："日近山红暖气新，一阳先入御沟春。"

云水诗社分韵得"月"字（平水韵）

2020 年 1 月

流光不老家山月，雪霁琼枝词一阕。

岁杪闲来醉酒香，浮生好借红尘没。

【题解】云水雅趣，诗友冬日在群里接龙为序，以唐韩愈《春雪》句："新年都未有芳华，二月初惊见草芽。白雪却嫌春色晚，故穿庭树作飞花。"按序分韵，得诗词二十四首，余分得"月"字。

观"春韵六品"画展（平水韵）

2020 年 1 月

花姿摇曳向春阳，妙笔丹青六韵香。

赏客听涛千里外，一人一景一文章。

赞急救医护（平水韵）

2020 年 1 月

寻常分秒重千金，济世名扬医者音。

山水云霞情满路，人生有爱系痴心。

【题解】此诗赠予北京急救中心陈志先生。

无题（平水韵）

2020 年 2 月

月照轻寒雪未消，闲居对句写鹪鹩。

抱薪故事共灯火，留有江舟借影摇。

清明国祭，降半旗志哀，车船鸣笛，警报长鸣
（平水韵）

2020 年 4 月

庚子桃花寂寞开，清明举国几多哀。

青山有祭苍生泪，悼念声声恸地来。

游春（新韵）

2020 年 4 月

踏青偏爱杏花天，浅水池塘细草鲜。

百卉争春香满路，村郭几处柳含烟。

参加国艺新时代朗诵会有记（平水韵）

2020 年 6 月

心随韵语出心声，抱朴才能大道行。

金玉鸣琴惟欲醉，珠玑飞度月含情。

【题解】参加由国艺新时代主办的"五月的风——诗言行"空中诗歌朗诵会，我担任主持人。朗诵会大咖云集，中国铁路文工团青年歌唱家肖爽朗诵了我的作品《临江仙·永定河畔寻春》，我作七绝一首。

端午见落英缤纷有感（平水韵　飞雁格）

2020 年 6 月 25 日

龙舟竞渡汨罗江，艾草门前放淡香。

风里落花闻楚曲，飘飘洒洒向诗章。

文玩核桃（平水韵）

2020 年 11 月 29 日

金木追源本不同，由来造化岁华功。

人间万物寻常道，一念诗心五指中。

祝贺《中华诗词》杂志社乔迁（新韵）

2020 年 7 月

梧桐引凤有新声，韵字推敲仄仄平。

一路芳菲花正好，聚贤举帜向诗峰。

【题解】2020 年 7 月 5 日，中华诗词杂志社由海淀区阜成路 58 号迁至东城区东四八条 52 号办公，诗以贺之。此诗在中华诗词学会公众号 2020 年 7 月 10 日刊载。

赞方锦龙先生演奏（新韵）

2020 年 9 月

拨弦月下两三声，天籁还需指上听。

急雨敲窗忽入耳，琵琶百韵作雷霆。

【题解】方锦龙是中国著名琵琶演奏家，现代五弦琵琶代表人物，"国乐四大天王"之一。此诗赠予方锦龙先生。

赠韩静霆先生（平水韵）

2021 年 1 月

寻常风物画中存，水墨情长洗砚魂。

云入横塘生浩渺，何须万里自乾坤。

【题解】韩静霆，著名作家、诗人、画家，"今天是你的生日，我的中国，清晨我放飞一群白鸽……"这首歌的词作者就是韩先生，他还创作有长篇小说《凯旋在子夜》。此诗由书法家固庐书写，赠予韩静霆先生。

向戍边卫国英雄致敬（新韵）

2021 年 2 月

青春热血染边关，化作忠诚座座山。

史铸丰碑留浩气，昆仑万仞①可擎天。

【注释】①仞：古代计量单位，一仞（周尺八尺或七尺，周尺一尺约合二十三厘米）。万仞，古代八尺为仞，万仞，形容极高。

采风有感（平水韵）

2021 年 4 月

唤醒初阳照柳新，踏青多是赏花人。

茵茵细草连阡陌，染就山河万里春。

题百瑞谷景区（新韵）

2021 年 4 月

杏花四月沐春晖，百瑞谷中诗绪追。

莫道丹青新韵美，人间仙境更芳菲。

【题解】此诗由书法家刘清景书写。

赠短道速滑冠军石竟男（新韵）

2021 年 2 月

坚冰梦里寄深情，战马脱缰胆气生。

不负青春添壮志，晶莹赛道勇争锋。

【题解】听短道速滑冠军石竟男讲冰雪故事，感其事，口占一绝，赠之。

贺顾梦红先生诗集付梓（新韵）

2021 年 7 月

一卷文心向旭阳，大石河畔写情长。

兰亭梦苑新声赋，烂漫花开韵正香。

【题解】顾梦红，房山文化学者、作家、诗人。2021 年 7 月 28 日，"大石河畔踏歌声——顾梦红诗集诗歌作品研讨会"在房山耕读书院举办。此诗由物资学院高和鸿教授书写，赠予顾梦红先生。

立夏夜茨尾河漫步有记（平水韵）

2021 年 5 月

春芳步履又匆匆，河畔犹吹柳絮风。

恐是轻波推影动，疏星懒散月玲珑。

悼念袁隆平院士（新韵）

2021 年 5 月

躬身垄亩视名轻，不惧风前雨里行。

乐在稻花香满袖，留得大爱济苍生。

读舒惠国先生新作有感（平水韵　飞雁格）

2021 年 5 月 30 日

十里稻花香满怀，天章云锦不须裁。

无声科技有机绿，生态兴农入卷来。

"七一"有感（新韵）

2021 年 7 月

使命崇高信仰真，宏图伟业写初心。

百年正是芳华好，壮丽山河处处春。

贺中华诗词学会演艺界诗词工委成立
暨诗词吟诵大会成功举办（新韵）

2021 年 7 月

中华经典万年长，平仄传承入美章。

望海潮头抒雅韵，吟哦自有句生香。

【题解】此诗由演艺诗词公众号 7 月 12 日刊发。

读《水浒传》笔记（新韵）

2021 年 6 月

侠义天涯乱世雄，苍山客醉快哉风。

恩仇仗剑扶危困，一卷江湖夜雨灯。

观李福祥先生散曲、书法有感（平水韵）

2021 年 7 月

新曲荷风锦绣笺，墨飞笔走种心莲。

犹将字句吟云路，小令银筝韵入泉。

【题解】1. 李福祥，河北邯郸市人，1954 年生。现为北京诗词学会会长、中华诗词学会副会长。2. 国艺新时代举办第九期国艺讲堂，主讲嘉宾是李福祥会长。余作七绝致贺，书法家张庆先生书写赠予李福祥会长。

五律

五律的四种基本格式

一 五律仄起首字压韵

⊙仄仄平<u>平</u>，平平⊙仄<u>平</u>。
⊙平⊙仄仄，⊙仄仄平<u>平</u>。
⊙仄⊙平仄，平平⊙仄<u>平</u>。
⊙平⊙仄仄，⊙仄仄平<u>平</u>。

二 五律仄起首字不压韵

⊙仄⊙平仄，平平⊙仄<u>平</u>。
⊙平⊙仄仄，⊙仄仄平<u>平</u>。
⊙仄⊙平仄，平平⊙仄<u>平</u>。
⊙平⊙仄仄，⊙仄仄平<u>平</u>。

三 五律平起首字压韵

平平⊙仄<u>平</u>，⊙仄仄平<u>平</u>。
⊙仄⊙平仄，平平⊙仄<u>平</u>。
⊙平⊙仄仄，⊙仄仄平<u>平</u>。
⊙仄⊙平仄，平平⊙仄<u>平</u>。

四 五律平起首字不压韵

⊙平⊙仄仄，⊙仄仄平<u>平</u>。
⊙仄⊙平仄，平平⊙仄<u>平</u>。
⊙平⊙仄仄，⊙仄仄平<u>平</u>。
⊙仄⊙平仄，平平⊙仄<u>平</u>。

注：其中⊙表示可平可仄，下划线字押韵。

访绍邦先生有赠（平水韵）

2018 年 11 月 25 日

　　绍邦先生于京南一隅寻一小院，为小憩之所，名曰：长风小院。戊戌之秋，长风小院雅集，往来者，诗词唱和，得诗数首，不失为诗词雅趣，是为记。

小院尘嚣远，书香共物华。

禅心因浅淡，笔墨自横斜。

客醉三巡酒，诗吟一盏茶。

修身云水里，每悟浪淘沙。

中秋咏菊花（新韵）

2013 年 9 月 23 日

菊香绕小亭，羞怯自多情。

满院浓浓月，金秋款款风。

篱墙①隔绿草，芳蕊绽娇容。

欲放含苞处，骚人②雅兴生。

【注释】①篱墙：用交叉的竹子或树木枝条等做成的墙。
②骚人：这里指诗人。

敬和李树先先生《读林宗源先生发送云水诸君大作赠房山诗友》（新韵）

2014 年 1 月

新绿连山远，寻幽辨旧踪。

烂柯浑不觉，凿壁也堪惊。

宫角千音美①，诗文万古雄。

先生抒雅韵②，再绽满园红。

【注释】①"宫角"句，李树先先生曾受邀到房山进行诗词讲座，其间引经据典，听者受益良多。②"先生"句，指李树先先生写诗鼓励云水诗社不断进步。

附：李树先先生原诗《读林宗源先生发送云水诸君大作赠房山诗友》

野阔孤村远，阆仙犹有踪。

推门僧不觉，敲月世堪惊。

耳悦轻音妙，心倾老凤雄。

一枝先绽秀，引领万山红。

游云居寺（新韵）

2014 年 8 月 21 日

远望白云起，晨钟韵味长。

佛门迎逸客，舍利放华光。

历史碑碣觅，石经地府藏。

蛰鸣催日暮，犹自醉禅香。

【题解】云居寺，始建于隋末唐初，原名"智泉寺"，位于北京房山区大石窝镇水头村。

大连行

2015 年 7 月

关外羁途①客，情牵在大连。

楼高藏草木，海阔赏云烟。

踏浪沙滩里，挥杆彼岸前。

流光融胜景，缱绻不知年。

【注释】①羁途：旅途。

秋夜（平水韵）

2015 年 8 月

细雨梧桐落，闲情付玉琴。

寥寥三句短，寂寂五更深。

半日随秋梦，他乡寄客心。

疏帘才望去，弦外觅知音。

刺猬河剪影，用顾太清《宝藏寺》韵（平水韵）

2015 年 8 月

夏日微风起，依依岸柳齐。

朝霞吟旧作，暮景咏新题。

人坐轩亭下，花开小径西。

桑榆犹未晚，去影语声低。

附：顾太清原诗《宝藏寺》

宝藏云峰秀，春山碧草齐。

清凉禅客室，冰玉主人题。

花雨层台上，泉声法座西。

登高渺城郭，万井晓烟低。

题画诗——七夕有记（平水韵）

2017 年 8 月

一处芳菲景，花香绕密林。

娇姿迷彩蝶，倩影醉瑶琴。

漫解才郎梦，惟知少女心。

相思传尺素①，最忆两情深。

【注释】①尺素：书信。

以"鸟雀凄凄识北风"意境为题，余作题画诗一首

2018 年 12 月

陌上①霜天树，凄凄叶落残。

风摧冬未去，月照影堪怜。

素雪双星冷，疏枝一雀单。

几番余瘦骨，寂寂立清寒。

【注释】①陌上：田间小路，南北方向称"阡"，东西走向称"陌"。

乙未兰亭诗友会回望（平水韵）

2015 年 12 月

兰亭聚众贤，妙笔著诗篇。

翰墨留香久，佳词品韵鲜。

高歌吟雅句，素手抚丝弦。

锦绣山河美，情真画里眠。

癸巳夏日回乡补记

2016 年 2 月

袅袅村烟起，前方便是家。

青山携绿水，紫陌衬黄花。

老父杯中酒，娘亲手里茶。

耳边叮嘱语，伴我走天涯。

【题解】这首诗献给一年奔波劳碌、不辞辛苦回家的人。

老屋（平水韵）

2016 年 2 月

蹉跎经岁月，风雨旧檐低。

素壁尘灰厚，轩窗木格齐。

沧桑留丽影，落寞出虹霓。

倦鸟归家后，声声小院啼。

丙申三月周末游南观村有记（平水韵）

2016 年 4 月

寻幽微雨后，远路沐朝辉。

雀鸟鸣高树，游人向翠微。

院中花草好，池里鳜鱼肥。

久慕山间景，诗文韵律飞。

【题解】南观村是集休闲、旅游、垂钓、餐饮、采摘于一体的民俗旅游专业村。

拜谒房山铁瓦寺（平水韵）

2016 年 9 月

铁瓦经年久，山中得自然。

青岚随路绕，彩蝶抱花眠。

鸟落鸣银杏，龙蟠响圣泉。

清风明月里，一念在心禅。

拜谒房山英水真武庙（平水韵）

2016 年 9 月

青山飘瑞蔼，殿宇蕴祥光。

画栋雄姿美，飞檐气韵长。

乾坤生太极，万物化阴阳。

道法清音出，时闻寂寂香。

【题解】房山英水真武庙坐落于北京市房山区佛子庄乡上

英水村，建于明代，后重修。

登山感吟（平水韵）

2017年5月

聚友长林外，来登卧虎山①。

径深青草小，天阔白云闲。

倚杖听风醉，寻春忘路还。

诗情追画意，尽在一词间。

【注释】①卧虎山：指房山城关卧虎山。

赏谷建芬先生新学堂歌之《静夜思》有感

2017年4月

痴痴千里月，总是惹乡愁。

客路山中绕，弦音指上流。

长亭寻旧影，短梦入新秋。

醉赏清辉曲，情深静夜柔。

【题解】此诗获"谷建芬先生《新学堂歌》鉴赏大赛"古体诗组特别大奖。

上方山踏青（平水韵）

2017年4月

峰峦画境寻，影乱有知音。

举目天梯险，回头涧壑深。

参禅云水洞，悟道岭松林。
不负春光好，多情墨客吟。

【题解】上方山，位于北京市房山区韩村河镇，自东魏孝静帝天平二年始就有僧人建寺，有著名的"九洞十二峰"。

题三礼堂瓷箸（平水韵）

2017 年 9 月

素瓷含玉露，百味箸生香。
倒映琉璃影，轻翻琥珀光。
银盘添翡翠，纤手舞霓裳。
比翼人间客，分明韵正长。

【题解】北京三礼堂陶瓷艺术馆，馆长聂驿清先生，痴迷陶瓷文化，潜心研究，推广适合国人使用的瓷筷，在景德镇建立生产研发基地，使瓷筷市场化。让 14 亿人用上瓷筷，倡导用餐健康是聂玉清先生的追求。

题吴为山先生雕塑《祖冲之》（平水韵）

2017 年 12 月 5 日

万物循天道，存乎一理中。
圆周筹策①术，历法②惠民功。
侧目量圭尺，凝神望暮鸿。
长河千万里，晔晔映苍穹③。

【注释】①筹策：古时计算用具。②历法：祖冲之撰写的《大明历》，是当时最科学最先进的历法。③晔晔映苍穹：紫金山天文台将新发现的小行星命名为"祖冲之星"。

观《壮志凌云》有感（平水韵）

2018年8月

冲天呼啸起，霹雳裂长空。

映日鲲鹏影，穿云闪电风。

银鹰①携利箭，铁血护苍穹。

八一军旗展，巡航万里雄。

【注释】①银鹰：这里指战机。

云水诗社成立10周年感吟（平水韵）

2017年12月

吟咏琴声后，花开陌上时。

十年云水路，三卷芷兰诗。

韵味敲窗早，芳华入梦迟。

春山何处月，照醉故痴痴。

【题解】云水社课，余曰："丁酉岁末，时值云水结社十载，诸君聚于良乡学苑，共享云水十载荣光，共襄盛事。京畿西山文化，大房山当执牛耳，龙骨山前，华夏文明薪火相传，商周繁华，燕地锦绣，名人遗迹错落，古塔寺院星罗棋布，云居石经远播海外，金陵皇家遗冢犹有气度，唐贾岛松下问童子之韵事；元高克恭画作之逸风；清顾太清《天游阁集》之遗响；无不彰显厚重之底蕴，文化之一脉相承。十载春秋，历经风雨，云水诸君砥砺前行，不忘初心，传承中华传统，繁荣诗词文化。觥筹交错，共品其中之味；歌之舞之；共享其中之乐；云水十载，诸君共庆，感怀之声，发展良策，当以诗词尽兴，诚待诸君葭月之作。"

月夜听琴有记（新韵）

2018 年 2 月

得见百年天象赤月当空，余不得其解，诸友微信解惑，叹自然之功，恰友人抚琴绕梁，遂成一律。

皎皎天边月，清辉照古今。
蟾宫折玉桂，美酒惹芳心。
不晓娇羞趣，才知奥妙深。
听琴思物理，绕指化成音。

访慎修堂分韵得"敢"字

2018 年 6 月

刀耕气韵藏，古朴神姿嵌。
雅士隐长林，微风摇菡萏。
时新闹事身，岁老书生胆。
世外结尘庐，今人多不敢。

【题解】访篆刻大师赵增福先生慎修堂，力夫先生出题以"道门不敢题凡鸟"，按年齿领字为韵，限期七日赋诗，余作仄声韵五律一首。

乡村即景（平水韵）

2018 年 11 月

垄上^①金风起，携来五谷香。

一山飘果韵，满眼着秋妆。

渐觉芙蓉乱，惟馀稼穑^②忙。

农家闻笑语，黍穗醉诗章。

【注释】①垄上：田埂上面。②稼穑：指耕种收获，泛指农业劳动。

咏青松（平水韵）

2018 年 12 月 23 日

天地阴阳里，亭亭几树高。

岚遮形愈远，雨打气犹豪。

莫道非仙骨，须知自雪刀。

凌空摇翠色，何用借云涛。

【题解】云水诗社戊戌葭月社课"古人吟咏松之诗词佳句多矣，《荀子·大略》篇曰：岁不寒无以知松柏，事不难无以知君子。值冬至，云水诸君以松为题试笔。"

乙未访友补记（平水韵）

2015 年 10 月

风轻六月天，溪浅水涓涓。

绿草生幽径，青苔映小泉。

花开庭院后，犬吠主人前。

沉醉山村景，陶然世外仙。

敬赠张桂兴先生（平水韵）

2019 年 3 月

锦绣芳华里，诗书不倦身。

弦歌生气象，风雅见精神。

一曲铜箫远，三更玉韵真。

激情惟逐梦，苑囿百花春。

【题解】1. 张桂兴，1944 年生，原北京诗词学会会长，现为中华诗词学会顾问、北京诗词学会书记。主编《诗论选》、《中华诗词文库》（北京现当代卷）、《燕京诗韵》丛书等。著有诗集《鸟巢集》《路石集·张桂兴卷》。2. 国艺新时代邀请张桂兴先生主讲"京华诗词好故事"。3. 此诗由书法家肖斌书写，赠予张桂兴书记。

登高（平水韵）

2019 年 5 月 28 日

越岭知丘壑，风光自在寻。

淡云穿野径，稚兔入丰林。

久做江湖客，迟来草木心。
山间闻鸟语，借此悟尘音。

读王玉明院士诗词得句（平水韵）

2019 年 9 月

风轻何处去，雅室觅书香。
画里泉声远，弦中竹影长。
云闲欺笔墨，酒老醉诗章。
谁伴天边月，归来夜未央。

【题解】1. 王玉明，号韬辉，1941 年生，中国工程院院士、中华诗词学会顾问、清华大学荷塘诗社名誉社长。2. 我主持国艺讲堂雅集，主讲嘉宾是王玉明院士。3. 此诗由书法家张毅先生书写，赠予王玉明院士。

己亥中秋作（平水韵）

2019 年 9 月

夜半庭前坐，幽香袅袅来。
蛩鸣听叶落，酒醉盼云开。
不见中秋月，难寻上古台。
乡愁无处去，顾影独徘徊。

【题解】中秋夜，天气阴，路灯明亮，有感而作。

己亥重阳登山（平水韵）

2019 年 10 月

又到重阳日，登高赋菊香。

幽溪馀浅碧，远岭渐疏黄。

自是云烟误，非关物事忘。

临风知况味，老去少年狂。

【题解】农历九月初九重阳节，民间有登高的习俗，余与友登山赋诗。

题松图（平水韵）

2020 年 1 月

万壑清霜早，萧萧朔气①迟。

寒山添翠色，冷月挂青枝。

雪覆何妨寂，风摧未肯衰。

身形藏旧岁，且守本真时。

【注释】①朔气：北方的寒气。

秋游南窖（新韵）

2020 年 10 月

驱车寻步道，赏景尽斑斓。

北岭山楂好，南坡板栗甜。

云从天外醉，人在画中眠。

拄杖金秋里，登高已忘还。

【题解】北京市房山区南窖乡南窖村是南窖乡政府所辖八个自然村中的最大村，是乡政府所在地。2016 年，南窖村被住房城乡建设部、文化部、财政部公布为第四批中国传统村落。

辛丑新春试笔（平水韵）

2021 年 2 月

爆竹更时序①，开樽②岁岁新。

千门迎紫气，万物沐阳春。

墨浸烟霞醉，诗缘语句真。

寄怀成绮韵，乐作弄弦人。

【注释】①时序：季节变化的次序。②樽：盛酒的器具。

春日访友有记（平水韵）

2021 年 3 月

乡间春色好，陌上草萋萋①。

秀水前村过，娇莺后院啼。

桥东摇柳梦，岭北醉花蹊②。

故事光阴里，情真景更迷。

【注释】①萋萋：草茂盛的样子。②蹊：指小路。

观双人滑（平水韵）

2021 年 4 月

冰上飞双燕，盘旋展翅翔。

悠然成玉树，曼妙舞霓裳。

叠影娇羞醉，轻姿浪漫扬。

池中停彩蝶，曲罢靓华堂。

观史家营采风照得句

2021 年 6 月

来寻尘外路，百丈起云涛。

净洗长天阔，平添胆气豪。

鸣禽声杳杳，论剑兴陶陶。

寄向山间景，诗情逐浪高。

【题解】因故不能参加北京诗词学会第十六届端午诗会史家营采风，观诸君采风照得句。

观画有作

2021 年 8 月

岭远江舟晚，渔樵不染尘。

闻歌山隐隐，乘兴水粼粼。

市井安贫客，诗书济世人。

忘机①天地里，得趣影无身。

【题解】曲水兰亭诗社社课。

【注释】①忘机：指淡泊清净，忘却世俗烦忧，与世无争。

辛丑暑月河南大雨，华夏同舟，共战洪灾（平水韵）

2021 年 7 月

急雨中州①落，滔滔作恶潮。

车舆②无奈毁，舟楫不堪摇。

众手分洪海，双肩架铁桥。

昆仑天柱③立，何惧水喧嚣。

【注释】①中州：河南古称豫州，古为九州中心，称中州。
②车舆：指车辆。③天柱：中国古书记载的支天之柱。

五绝

五绝的四种基本格式

一　仄起首句押韵

⊙仄仄平<u>平</u>，平平仄仄<u>平</u>。
⊙平平仄仄，⊙仄仄平<u>平</u>。

二　仄起首句不押韵

⊙仄平平仄，平平仄仄<u>平</u>。
⊙平平仄仄，⊙仄仄平<u>平</u>。

三　平起首句押韵

平平仄仄<u>平</u>，⊙仄仄平<u>平</u>。
⊙仄平平仄，平平仄仄<u>平</u>。

四　平起首句不押韵

⊙平平仄仄，⊙仄仄平<u>平</u>。
⊙仄平平仄，平平仄仄<u>平</u>。

注：其中⊙表示可平可仄，下划线字押韵。

赠田麦久先生（平水韵）

2016 年 8 月

田麦久先生儒雅谦逊，有学者之风，为师桃李满天下，退身书斋，饱览群书，写诗填词，为体育助力，余感慨不已，凑句成小诗一首敬先生。

深情牵学苑，桃李绽芬芳。

雅室生清韵，时时岁月香。

【题解】田麦久先生是我国现代运动训练理论的创始人之一，是新中国成立以来的第一位体育博士，北京体育大学教授、博士生导师。受聘于清华大学、河南大学、浙江大学等18 所大学客座教授。曾任北京体育大学副校长、全国政协委员、北京市人大常委会副主任。

乙未年正月初一喜降瑞雪（平水韵）

2015 年 2 月

漫漫琼花落，随风过小塘。

迎春情怯怯，不敢放幽香。

咏菊（平水韵）

2012 年 10 月

院内百花凋谢，唯菊傲放，欣然提笔。

金风九月来，娇蕊绽红腮。

一缕清香过，诗情满院开。

有感现代科技日新月异（平水韵　飞雁格）

2013 年 9 月

弦月上南窗，秋风伴叶黄。

离人千里外，飞信话衷肠。

题画（平水韵）

2013 年 10 月

读立祥《减字木兰花·砚边闲赋》，感其句"俯首案头，易写青山难写愁"。读诗想到齐白石老先生画的"蛙声十里出山泉"，草拟五绝，为立祥出句，只笔墨游戏，博人一笑，非为字画。

瘦笔写山峦，无花矮巷残。

闲愁携淡雨，滴碎五更寒。

河畔漫步（平水韵　飞雁格）

2014 年 4 月

日暮暖风轻，桃花一树红。

长亭留晚景，沉醉几人同？

夏日刺猬河边闲步（新韵）

2015 年 6 月

微风拂岸柳，落日洒余晖。

投饵清波起，垂纶忘晚归。

为抗日战场牺牲的英烈而作（平水韵）

2015 年 4 月

壮士带吴钩，丹心护九州。

保家驱日寇，浴血战同仇。

归途遇雨（平水韵）

2015 年 7 月

云来翻墨色，蝉噪暮天①低。

急雨摧花落，须臾②小路西。

【注释】①暮天：指傍晚的天气。②须臾：指极短的时间。

和成思行先生题画诗（平水韵）

2015 年 8 月 11 日

一景柴门外，何人续雅篇？

吟诗寻旧友，携翠送流年。

附：成思行先生原诗

柴门向竹径，乘凉读旧篇。

山中方一日，世上已经年。

写在苏炳添百米 9.99 秒
进世锦赛决赛之际（新韵）

2015 年 8 月

隆隆鸣战鼓，满场喊其名。
百米风云起，飞人霸气生。

诸诗友采风遇山寺得句，
用洪波诗韵（平水韵）

2015 年 9 月

金秋寻雅趣，雀鸟唤童心。
风送禅香去，何曾挽寸阴。

和杭州知府五绝《松下》（新韵）

2015 年 10 月

浮生半日闲，树下望南山。
一语成佳句，茶香绕指尖。

观墨兰图（新韵）

2015 年 10 月

幽香源绿蕊，细叶剪微风。
素墨干湿处，松间卧醉翁。

兰亭诗友会诸诗友以蒙城烧饼为题，
吾借句凑趣（平水韵）

2015 年 11 月 25 日

蒙城烧饼好，借雪踏歌行。
共饮思乡酒，徽商故里情。

雪（平水韵）

2016 年 2 月

瑞雪遍京华，杯中暖暖茶。
诗情何处去，陋室咏琼花。

参加繁星戏剧村雅集有感（平水韵）

2016 年 3 月

繁星戏剧村，蓓蕾绽京门。
赏景梨园美，诗书雅韵存。

读偈语偶得（平水韵）

2016 年 6 月

尘心窥世事，不见玉芙蓉。
悟得禅家语，茶中韵味浓。

密云北庄笔会（平水韵）

2016 年 7 月

丙申暑月，余与成思行、张力夫、莫真宝、熊盛荣、刘
清景诸位先生，及章静聚于密云北庄富水山庄，诗词雅集，

翌日晨起有感。

君赏山中景，晨风乱短笺。
庭前听鸟语，物我两超然。

秋日山行（平水韵）

2016 年 9 月

登高山路远，岭上绽黄花。
最是初阳外，新秋赏物华。

菖蒲（平水韵）

2017 年 1 月

清供一盆，置于几案，顿觉生机盎然，口占一绝。

细叶青苔上，斋中景物新。
书香风雪远，喜赏案头春。

范金生先生是诗词大家，文学功底深厚，著有诗词集《霁月轩吟草》，又酷爱书法，今著散文集《家乡的红枣树》由北京燕山出版社出版，五绝致贺（平水韵）

2017 年 2 月

衔春双紫燕，岁月卷中藏。
韵海云帆起，真情字字香。

庚子惊蛰有记，步2017年《菖蒲》韵（平水韵）

2020 年 3 月

不待雷声起，阳和万物新。

东风梳细柳，唤醒一窗春。

记趣（平水韵）

2020 年 3 月

庭前星月下，黄犬吠藤萝。

二次循声叱，斯文待细磨。

词

如梦令·课间（新韵）

2000 年 5 月

风景课间独好，操场欢腾热闹。争抢到球门，无奈足球会跳。欢笑，欢笑，忘却课堂烦恼。

捣练子·四十回首（词林正韵）

2013 年 12 月

已不惑，莫蹉跎，回首青春荡气歌。读一路芬芳美景，品悠悠岁月婆娑。

忆王孙·顾太清（词林正韵）

2015 年 3 月

才思几许上云端，素手纤纤寄短笺，倩影惊疑月里仙。一生缘，《东海渔歌》传世间。

浪淘沙·红石峡（新韵）

2012 年

飞瀑挂丹崖，绝巘奇峡，春来百草染山花。夏至流泉驱暑气，山色奇佳。　　雅兴爱攀爬，意气风发，平生志趣几人夸。三两相携游美景，天下一家。

【题解】红石峡是云台山旅游景区的重要景点。

浪淘沙·古战场（词林正韵）

1995 年 11 月

曾梦想辉煌，意气飞扬，扬鞭跃马踏高冈。读美文华章畅想，皆是馨香。　　忆大吏封疆，剑走锋伤，先民遗血至今香。华夏雄风今再振，演绎辉煌。

浪淘沙·读蔡文姬思乡有作（新韵）

1995 年

独自倚轩窗，吟赏孤芳，落花流水叹迷茫。闲步小园愁满径，夜梦凄凉。　　镜里映红裳，懒理残妆，文姬夜夜忆家乡。鸿雁年年托怨怅，泪打心伤。

鹧鸪天·观神九天宫对接（新韵）

2012 年

逐日追星跃太空，银河漫舞看天宫。从容牵手游寰宇，广袤苍穹任纵横。　　添浩气，起飞龙，青空万里驾长风。凌云壮志冲霄汉，诗走词飞豪气生。

【题解】用晏几道《鹧鸪天·彩袖殷勤捧玉钟》格。

阮郎归·参观良乡高教园区，听周主任、蔡主任、杨主任介绍有感（新韵）

2012年8月

蓝图绘就展新篇，良乡高教园。黉门①初建引凤鸾，学生笑语欢。　　众智汇，谱新弦，百花绽笑颜。千秋功业后人谈，高歌更向前。

【题解】良乡高教园有中国社会科学院大学、北京理工大学、北京工商大学、中医药大学等国内著名高校。

【注释】①黉门：这里指高校。

渔家傲·党引再踏康庄道（新韵）

2013年

刀耕火种识百草，巍巍华夏文明早。五岳巍峨云浩浩，阳光照，大河九曲门前绕。　　盛世今逢春意闹，党引再踏康庄道。大地神州春破晓，人欢笑，中华追梦青春葆。

【题解】2020年9月15日由北京诗词学会公众号刊发。

满庭芳·游周口店猿人遗址（新韵）

2013年7月

叠嶂重峦，枝繁林茂，雾霭缠绕青山。雨收云散，悬壁响流泉。日照山花烂漫，彩蝶舞，风伴翩翩。微云过，鸟鸣断涧，又唤起薄烟。　　遥观，思万年，中华先祖，猎虎逐鸢。挥石斧石刀，踏遍山川。篝火熊熊炙烤，居山洞，避兽防寒。沿山麓，风光旖旎，沉醉此山间。

【题解】用秦观《满庭芳·山抹微云》格。

沁园春·南窖（新韵）

2013 年 7 月

远岫含烟，山路逶迤，碧水入眸。看千年故道，橐驼商旅，明清院落，乡韵悠悠，石碾盘旋，古槐阴翳，山映晚霞百鸟啾。中幡舞，望蛟龙出海，一派风流。　　山歌回荡竹楼，挥汗处、辛勤几个秋。赞黄金茶叶，天然祛暑。良乡板栗，十月丰收。九九蟠桃，流香甜脆，品后生津能忘忧。斜阳外，念情深故土，去后还留。

蝶恋花·桂林（词林正韵）

2013 年 9 月

淡墨轻描成画卷，碧水清波，两岸繁花艳。倒影逐波寻笔砚，无心惊起縠纹乱。　　远望翠屏春烂漫，九马腾骧①，驰骋天风伴。一曲渔歌游客赞，天然美景人人叹。

【注释】①腾骧：飞腾、奔腾。

鹧鸪天·铸剑（新韵）

2013 年 7 月

癸巳仲春、仲夏末，余与诸同仁两次为学校招才纳贤，招聘新任教师。作为考官，有感而作。

百炼千锤利刃生，不经锻造怎峥嵘①。炉中烈烈焚烧火，扇底频频炙烤风。　　能断铁，可屠龙，冲天剑气使人惊。十年铸剑寻常事，淬火钢锋由此成。

【注释】①峥嵘：比喻才气品格等超越寻常。

渔家傲·读秋瑾诗词有感（词林正韵）

2013 年 10 月

掩卷无言悲女杰，谁人仗剑击顽劣。慷慨激昂情切切，言如铁，乾坤万里飘飞雪。　　心比男儿肝胆烈①，貂裘换酒心头悦②。血比男儿喷涌热，身永别，节操共挽千秋月。

【注释】①心比男儿肝胆烈：取自秋瑾词："身不得，男儿列，心却比，男儿烈！"②貂裘换酒心头悦：秋瑾有诗："不惜千金买宝刀，貂裘换酒也堪豪。一腔热血勤珍重，洒去犹能化碧涛。"

虞美人·读刘古径《浣溪沙》感秋（词林正韵）

2013 年 11 月

长空霜雁啼声暮，只恐归程误。短笺无语寄云筝，常使繁花落去总无声。　　阶前一任萧萧过，满院寒烟锁。篠篱①持酒叹离愁，只怨无端心绪惹寒秋。

【注释】①篠篱：竹篱。

附：刘古径《浣溪沙》原词

窗下寒蛩凄切鸣，恼人一宿梦难成。杯中斟满女儿红。　　岭上又飞新落叶，阶前不见靓芙蓉。远山望断泪盈盈。

浣溪沙·无题（新韵）

2014 年 4 月

不惑之年，感韶华易逝，岁月催人。

独坐樽前酒不浓，谁家鼓瑟曲难工，身前世事只随风。　　醉看春花多烂漫，方觉镜月太朦胧，流年枉费去匆匆。

满江红·"勿忘国耻，圆梦中华"
纪念抗日战争胜利69周年（新韵）

2014年6月

断壁残垣，烽火起，硝烟弥漫。遥望处，月光无华，九州劫难。日寇中原燃战火，军民华夏挥长剑。众志城，听铁骨铮铮，倭敌颤。　　长城下，旌旆乱。燕山上，并肩战。忆中华大地，挫销敌焰。万世常思屈辱史，千秋彪炳青竹卷。看今朝，浩气满乾坤，红旗展。

临江仙·张坊雅集（新韵）

2014年8月

甲午季夏，与房山文联领导、诸前辈聚于张坊，座中有文联刘月辉副主席、作家学会刘泽林主席、顾梦红、董华、林宗源、赵舒平等先生，席间唱和吟咏，顾老即兴吟诵自勉诗，平添韵味。诸前辈指点迷津，酒酣兴阑，乃记之。

战道蜿蜒接峻岭，依稀远去烽烟。仙栖洞里觅尘缘。野花争绚烂，碧树妒娇妍。　　诗酒弦歌抒壮志，几分豪气平添。一言点破水中天。鲲鹏堪展翼，振翅碧空旋。

【题解】用苏轼《临江仙·夜饮东坡醒复醉》格。

减字木兰花·登八达岭长城（新韵）

2014 年 10 月

天高云淡，万里长城当好汉。塞外风光，醉里金秋草木香。　　攀爬战道，俯视群山回首笑。赏景闲情，化作激昂猎猎风。

水调歌头·和姜玉卉老师《良乡夜景》（新韵）

2014 年 10 月

璀璨华灯下，不夜是新城。霓虹闪烁街景，听笑语欢声。远望如织光影，一路交相辉映，有序守规行。月下良乡美，大气显包容。　　聚群力，谋大计，借东风。宏图再展，且看经济促繁荣。锦绣长阳气派，美丽苏庄多彩，绘灿烂前程。生态和谐路，共建九州同。

鹧鸪天·再过云居寺有记（词林正韵）

2015 年 4 月

一入青山醉此间，晨钟暮鼓伴尘缘。三乘佛法修身外，半卷经文济世前。　　风细细，雨绵绵。凡心总被利名缠。浮华尽去无虚幻，不问心中那朵莲。

玉楼春·谷积山踏青有感（词林正韵）

2015 年 4 月

清明紫陌寻春处，雅韵轻敲吟碧树。谷积山上起诗情，灵鹫寺前迎日暮。　　辽碑明塔声声诉，香火鼎盛曾几度。繁华无奈寄沧桑，游兴阑珊归去路。

【题解】用晏几道《玉楼春·东风又作无情计》格。

浣溪沙·步韵顾太清《夜坐》（词林正韵）

2016 年 6 月

近岭连绵远水长，竹篱绿草映花黄。闲云一路伴鸣螿。　　润物无声新雨细，推窗不意晓风凉。诗情满径过红墙。

附：顾太清原词《浣溪沙·夜坐》

竹影朦胧树影长。轻烟黯淡月昏黄。喓喓秋院乱啼螿。　　几点微芒萤火细，一天风露豆花凉。夜深鼯鼱上宫墙。

江城子·步韵顾太清《落花》（词林正韵）

2015 年 7 月

微霞摇露众芳中，恼花红，借东风。几处芳华，飘寄向雕栊。欲待撷来留景驻，相脉脉，去匆匆。　　彩蝶伴舞惹谁同，梦身慵，世情浓。褪尽铅华，落去已蒙蒙。一样飘零难会意，曾几日，话飞蜂。

附：顾太清原词《江城子·落花》

花开花落一年中。惜残红，怨东风。恼煞纷纷如雪扑帘栊。坐对飞花花事了，春又去，太匆匆。　　惜花有恨与谁同。晓妆慵。忒愁侬。燕子来时红雨已濛濛。尽有春愁衔不去，无端底，是游蜂。

定风波·次韵顾太清《拟古》（新韵）
2015 年 8 月

梦里春花看似真，丹青难画赏花人。守望茕茕独不见，一片，狼藉处处但惜春。　　半阕《霓裳》听更近，寻问，芳华吟断总销魂。郁郁青荷香阵阵，相衬，斜阳砚外写晨昏。

附：顾太清原词《定风波·拟古》

花里楼台看不真，绿杨隔断倚楼人。谁谓含愁独不见，一片，桃花人面可怜春。　　芳草萋萋天远近，难问，马蹄到处总消魂。数尽归鸦三两阵，偏衬，萧萧暮雨又黄昏。

风光好·次韵顾太清《春日》（新韵）
2015 年 8 月

探春光，柳丝长，嘉木深深隐碾房，觅寻忙。　　时节正是花开好，青烟袅，绿草茵茵衬蕊黄，谱诗章。

附：顾太清原词《风光好·春日》

好时光，渐天长，正月游蜂出蜜房，为人忙。　　探春最是沿河好，烟丝袅，谁把柔条染嫩黄，大文章。

念奴娇·次韵顾太清《木香花》（词林正韵）

2015 年 8 月

瑶芳吐蕊，伴青姿翠色，满枝岚雾。潋滟春光随碧水，怎把芳菲留住。琼玉缤纷，花开陌上，笑靥含华露。笙箫初远，几多飘落飞絮。　　溪畔草木葳蕤，淡烟疏雨，美景留千户。绿锁窗纱犹恋旧，挽起轻风何处。春色匆匆，荼蘼犹盛，彩蝶频来去。含情摇曳，暖香萦绕芳树。

附：顾太清原词《念奴娇·木香花》

柔条细叶，爱微风吹起，一棚香雾。剪到牡丹春已尽，又把春光钩住。琐碎繁英，零星小朵，枝上摇清露。飞琼何事，羽衣似斗轻絮。　　昨夜入梦香清，晓来香已透，碧窗朱户。蝶浪蜂憨无检束，绕遍深丛处处。璎珞垂珠，绿云蔽日，谁忍攀条去。来年春日，愿教香雪盈树。

临江仙·大南峪感怀（词林正韵）

2015 年 8 月

春意阑珊春更瘦，踏歌寻景林中。青岚深处觅无踪。柔柔旭日，翠树掩花红。　　娇雀几声吟尺素，抬头遥望山重。一词唱醉碧溪东。清风阁①外，听往事随风。

【题解】房山青龙湖镇大南峪是奕绘和顾太清夫妇的故居别墅，也是二人身后的园寝。

【注释】①清风阁：南峪十景之一。

浣溪沙·元旦假日第三夜雾霾渐重，索笔寄情（词林正韵）

2016 年 1 月

霾气迷蒙夜未央，踌躇举笔向残章，不知何日启南窗。　　易赏青青兰叶色，难添淡淡菜根香，满篇诗味太寻常。

南歌子·春日读书偶记（词林正韵）

2016 年 5 月

小院微风过，桃花入室香。丝丝细柳欲敲窗，挽起春心无限醉春光。　　一卷闲翻久，闲翻久久长。谁能弦外觅寻常，一曲高山流水曲悠扬。

蝶恋花·踏春（词林正韵）

2016 年 4 月

旖旎风光春色好，细雨初晴，润遍青青草。一树桃花争弄俏，满山芳菲蜂蝶闹。　　日暖风轻烟袅袅，何处笙歌，怯怯相思小。信是心随晨曲绕，凭君总忆当年笑。

清平乐·霞云岭采风偶得（词林正韵）

2016 年 4 月

霞云起处，绿染春深路。岭上梨花开满树，醉染青山几处？　　一潭碧水接天，垂纶①钓起悠闲，邂逅诗情正好，人间画里寻仙。

【注释】①垂纶：垂钓。

永遇乐·建党 95 周年颂（词林正韵）

2016 年 5 月

画舫犁波，南湖涌浪，冲破迷雾。重整山河，峥嵘岁月，辟地开新路。井冈星火，长征号角，望远昊鲲鹏舞。举锤镰，狂澜力挽，迎来共和民主。　　兴邦建业，科学发展，情驻神州热土。九秩春秋，又添五载，众手丹心护。新型核电，疾驰高铁，惠遍千家万户。展新貌，江山万里，自成锦赋。

鹧鸪天·端午节前偶吟（词林正韵）

2016 年 6 月

读罢离骚品韵香，巍巍风骨好诗章。书斋几日三更短，屈子千年一卷长。　　吟柳色，叹春光。谁人再问百柔肠。今来闲赋端阳句，犹恐迟迟向梦藏。

浣溪沙·吊环王陈一冰（词林正韵）

2016 年 8 月

最爱乾坤战鼓风，云鹏展翅舞长虹。腾空好似出蛟龙。　　意志坚强多美誉，身形矫健有真功。吊环竞技勇称雄。

清平乐·秋菊（词林正韵）

2016 年 10 月

秋实乱缀，恹恹枝头睡，雨细风斜红叶魅，物我怡然自醉。　　霜菊次第花开，娇颜细蕊香来。装点悠悠韵味，一山美景谁裁。

渔家傲·赠姜玉卉老师（词林正韵）

2016 年 10 月

太极迎风晨日早，兴来亮嗓皮黄调，偶有闲情寻弈妙。烦恼少，人生感悟成《诗草》。　　一曲新词清韵绕，书香且寄渔家傲，不慕长安名利道。诗不老，春光常伴桑榆好。

踏莎行·丙申秋日登谷积山（词林正韵）

2016 年 11 月

岭色将深，秋山渐瘦，霜红染就枫栌透。多情落叶恋花黄，翩翩总在微风后。　　陌上流香，山中把酒，诗情醉握秋光手。轻云欲展短笺开，吟来雀鸟君知否？

行香子·春（新韵）

2017 年 5 月

醉里风光，烂漫群芳，东风轻，春水汤汤。一山秀色，那用梳妆。望晓烟起，岚烟去，暮烟长。　　韶华正好，赏读辞章，吟哦处，早过篱墙。暖阳绻缱，韵海徜徉。品唐诗雄，宋诗理，近诗香。

【题解】用蒋捷《行香子·红了樱桃》格。

临江仙·孤山口小学诗教成果展示，读张桂兴会长词有感（词林正韵）

2017 年 3 月

袅袅春烟生柳上，东风醉染轻黄。白云几朵过高冈。路旁寻景美，何处漫书香。　　稚气童声飞岭外，诗词歌赋传扬。风流最美少年郎，山花初绽蕾，学苑满芬芳。

点绛唇·题画（词林正韵）

2017 年 4 月

莫问梧桐，落花疏影时光瘦。半杯离酒，不舍情怀旧。　　弱水三千，几字长笺有。相思久，一山春皱，怎解相思扣。

柳梢青·暮春感吟（词林正韵）

2017 年 5 月

寂寞残红，伤春渐远，落影随风。叶底春愁，枝头蕊乱，怎地匆匆。　　归听细雨斋中，又却是、诗词不工，负了流年，文章意浅，更有谁同？

采桑子·读史有感（词林正韵）

2017 年 6 月

灯前展卷千年事，将相王侯，万种风流，读尽朱门几个愁。　　长安夜半孤城远，壮士吴钩，血染荒丘，铁甲征尘碾碎收。

采桑子·自勉兼寄学诗诸君（词林正韵）

2017 年 6 月

推敲总伴寻常句，笑也前行，苦也前行，且送琴音夜雨听。　　铅华洗尽诗心在，卷里真情，梦里真情，写到云开月自明。

清平乐·和诗有感（词林正韵）

2017 年 6 月

诗词唱和，漫把流年锁，花落花开花几朵，屡屡清香醉我。　　人生最是中年，迎风笑对青山，笔下时光煮雨，书中半日偷闲。

浣溪沙·牡荆（词林正韵）

2017 年 7 月

默默深山自在生，高低岂止数枝横。坡冈摇曳笑风清。　　叶展叶收皆有意，花开花落不争名。春秋冬夏送晨星。

【题解】牡荆，北方俗称荆条、荆棵、黄荆。

卜算子·秋（词林正韵）

2017 年 9 月

画里沐新阳，染就山中路。水瘦烟轻一岭横，怎把秋留住。　　月下赏花黄，总是枫窗误，远近蛩①鸣梦不成，且作秋声赋。

【注释】①蛩：蟋蟀。

眼儿媚·观青花瓷（新韵）

2017 年 10 月

青花素雅几枝连，晕染散轻烟。天光云影，朝霞一抹，釉里娇颜。　　瑶琴弹落梧桐雨，弄舟是江南。笙歌渐远，痴情不老，一醉千年。

相见欢·重阳登高（词林正韵）

2017 年 10 月

一番秋水长天，景相连。满地黄花犹自旧山前。　　云影醉，浮华去，叹流年。又送光阴何处与诗眠。

一斛珠·秋游得句（词林正韵）

2017 年 11 月

清秋寥廓，千峰尽染藏幽壑，黄花一路随山岳。涧水柔柔，几树啼闲雀。　　赏景登高吟碧落，轻云幻化飞仙鹤，欲将绮句消纤弱。散去无形，又是何人作。

【题解】此词是云水诗社社课。

菩萨蛮·冬日客至有记（词林正韵）

2017 年 12 月

山泉煮沸清茶瘦，斜阳几缕疏窗后。一品齿唇香，三杯回味长。　　弦琴音渐小，半卷诗书老。客至咏闲文，无端也醉人。

如梦令·临帖（词林正韵）

2017 年 12 月

明月一窗慵懒，我自醉寻笔砚。夜静落花轻，临帖俯身几案。分辨，分辨，哪字最应勤练。

唐多令·感怀（词林正韵）

2018 年 1 月

回首望家山，青春一梦牵，几多情、付与长笺。有味人生听雨落，品不尽，是流年。　　竹外月光闲，疏风弄管弦。仄平声、唱和无眠。信是书香能致远，陋室里，赏芝兰。

巫山一段云·无题（词林正韵）

2018 年 4 月

又是东风里，相思云水间。桃花香里与花眠，梦中生春烟。　　疑是芳华还早，一念无端烦恼。时光辜负故人心，弦轻问知音。

喝火令·乡愁（词林正韵）

2018 年 5 月

紫竹生新趣，青春忆旧温。那时烟雨过千村。花鸟几多轻韵，痴梦觅无痕。　　叶剪窗前月，琴连指上魂。借来香墨醉金樽。总有诗鲜，总有酒清纯，总有数行闲句，远客系乡根。

【题解】这首词是云水诗社戊戌桃月社课。

海棠春·观王立祥先生画作（词林正韵）

2018 年 5 月

谁家淡墨清香久，点染处、红肥绿瘦。柳絮逐风轻，紫燕双飞后。　　山长水远凭君手，料应是、诗书浸透。只恐子规啼，拾取云霞走。

浪淘沙·俄罗斯世界杯观感（词林正韵）

2018 年 7 月

叱咤绿茵中，列阵双雄。过人盘带见真功。跑动插前防越位，伯仲相逢。　　脚下起飞龙，谁与争锋。场边呐喊为情浓。鼙鼓旌旗观战客，四海心同。

鹧鸪天·老宅随笔（词林正韵）

2018年7月

斗室流连岁月香，潇潇细雨忆寻常。格高总向书中品，尺短还凭脚下量。　　勤自省，慢珍藏，前行挽起旧时光。年华莫负青春去，偶有闲情寄锦章。

月宫春·题画（词林正韵）

2018年10月

未因秋色惹云岑①，几番梦里寻。痴痴滋味付光阴，玲珑少女心。　　思绪轻飞随路远，荻花摇曳寄情深。岁月相思一地，寂寥唯素琴。

【注释】①云岑：指云雾缭绕的高山。

鹧鸪天·得砚有咏（词林正韵）

2019年1月

淡淡烟霞紫砚温，天然玉质自含春。青莲秀色添禅意，绿绮①清音入墨痕。　　吟日月，伴晨昏，北冥②飞出有诗文。时光折叠连情味，静寂喧嚣一纸存。

【注释】①绿绮：中国四大名琴之一。四琴为号钟、绕梁、绿绮、焦尾。②北冥：北方之海。庄子《逍遥游》："北冥有鱼，其名为鲲。"

浣溪沙·雨思（词林正韵）

2019 年 6 月

细雨斜飞润物轻，千般感慨踏歌行。丹青纸上写人生。　　岸柳随风无梦影，芙蓉绽蕾有诗情。好留素月任亏盈。

南乡子·归乡有感（词林正韵）

2019 年 6 月

雨霁淡烟收。村柳柴篱小径幽。年少不知山色好，回眸。多少时光似水流。　　新韵觅难休。淡写梧桐不写愁。梦里落花听几处，无求。且把诗书伴月柔。

【题解】用辛弃疾《南乡子·何处望神州》格。

太常引·回乡感怀（词林正韵）

2019 年 8 月

参差绿树满群山，阡陌野花鲜。鸟语唤村烟，煦风起、虫鸣韵闲。　　白云尽处，风光绮丽，最美是农田。再赋向长笺，乡情寄，诗中洞天。

望海潮·庆祝新中国成立 70 周年（新韵）

2019 年 7 月

晴空如洗，群峰耸翠，九州锦绣江山。鱼跃碧波，霞飞紫塞，长堤远树含烟。幽谷响流泉，茂林留秀影，醉里听蝉。无限风光，华章绮韵向心弦。　　中流击水扬帆，看银鹰漫舞，北斗飞天。高铁弄潮，神舟揽月，驼铃丝路千年。携手建家园，擎帜生豪迈，画里人间。盛世高歌逐梦，一脉两情牵。

一七令·琴（新韵）

2019 年 11 月

琴。

古朴，清纯。

能入画，辨知音。

听涛问月，悟道通神。

兰亭留墨韵，云水寄禅心。

细雨漫飘五岳，和风摇动三春。

青山尽醉迎朝暮，玉指多情向古今。

高阳台·春（词林正韵）

2020 年 3 月

枝上莺啼，声声婉转，长堤曲柳生烟。袅袅东风，轻摇唤醒春山。清溪如练行云去，短亭东、钓客寻闲。且争芳，含蕾纤姿，摇曳桥前。　　踏莎记取花开早，倩何人歌咏，题向流泉。岁月留痕，醉吟三五诗篇。琴声弄影萍踪后，最堪听、响韵林间。几多痴，仄仄平平，付了流年。

临江仙·北臧村寻春（词林正韵）

2020 年 3 月

翠柳莺啼河两岸，柔波洗尽青空。芳菲万亩正花红。东君知我意，吹醉一船风。　　生态休闲添景致，健身步道争锋。日长绿野觅仙踪。歌前韵缱绻，梦里月玲珑。

临江仙·茨尾河太平庄段偶记（词林正韵）

2020 年 6 月

东风款款春光里，莺啼柳上声娇。一河缱绻看舟摇，石栏惟静寂，曲径避喧嚣。　　两岸花香何处醉，寻幽且过虹桥。悠闲漫步赏春桃，几人回头望，谁个把手招。

临江仙·游贾岛峪（词林正韵）

2021 年 7 月

夏木葱茏生野趣，情飞远壑云天。逶迤翠岭绕岚烟，垄旁听鸟语，陌上赏花鲜。　　一字推敲佳话事，此中风物千年。大房山麓换新颜。登高吟锦句，携韵写长笺。

曲

【仙侣·一半儿】菊（一）

2016 年 10 月

清风携雨过山前，几处凋零几处残，傲立霜菊花正妍，蕊纤纤，一半儿金黄一半儿浅。

【仙侣·一半儿】菊（二）

2016 年 10 月

霜菊翠叶衬花鲜，小圃争开对管弦。素雅引来车马喧，抱枝酣，一半儿多情一半展。

【双调·水仙子】爷爷看孙滑冰

2021 年 2 月

爷爷拄杖笑微微，似忆当年雪上飞。孙儿稚气抬头对。冰车还用推？　　且观乳虎发威。欢声醉，斜影追，尽染余晖。

竹枝词

伦敦首金易思玲

2012 年

穿杨百步跨国门，奥运英伦摘首金。

三岛扬威传四海，英姿飒爽第一人。

【题解】北京时间 7 月 28 日 18 时 20 分，2012 伦敦奥运会射击比赛在皇家炮团军营结束女子 10 米气步枪决赛争夺。中国运动员易思玲以总成绩 502.9 环领先波兰老将博加卡 0.7 环夺得了本届奥运会的首枚金牌，为中国代表团伦敦之行开了个好头！易思玲也成为了集世界杯、世锦赛、亚运会和奥运会冠军的大满贯得主！

赞孙杨

2012 年

霸气十足出泳坛，群雄逐鹿起硝烟。

高歌一曲无敌手，碧水扬名史册传。

【题解】北京时间 7 月 29 日 3 时 00 分，伦敦奥运会开幕后第一天比赛，中国代表团就实现重大历史突破，获得男子游泳项目第一枚奥运金牌。书写这一历史纪录的，就是未满 21 岁的孙杨。他在男子 400 米自由泳决赛中游出 3 分 40 秒 14，以刷新奥运纪录的成绩夺得冠军。

赞叶诗文

2012 年

劈波斩浪露锋芒，速度才能论短长。
赛场玫瑰一绽放，惊人纪录写辉煌。

【题解】北京时间 7 月 29 日 3 时 23 分，伦敦奥运会开幕后第一天比赛，年仅 16 岁的杭州姑娘叶诗文，在女子 400 米个人混合泳决赛中，以 4 分 28 秒 43 的成绩刷新世界纪录。

赞刘翔

2012 年

一

鲜花雅典庆成功，赛道征程路不平。
奥运人生写无悔，男儿无冕亦光荣。

二

莫道英伦走麦城，三临奥运也殊荣。
人间多少量天尺，不敌单足跳全程。

【题解】北京时间 8 月 7 日，2012 年伦敦奥运会男子 110 米栏预赛拉开战幕。刘翔在第六小组出战，结果中国飞人在攻第一个栏的时候出现失误，摔倒在地，右脚严重受伤。不过他仍然坚持着单脚跳过了终点线，他这种奥林匹克精神值得敬重。

写在足球世界杯十六强聚首之际（六选一）

2014 年 6 月

绿茵场上显神威，十六豪强意气飞。

落寞英雄惆怅里，挥别泪洒黯然归。

【题解】世界杯 16 强决出，亚洲球队全部出局，欧洲球队仅有 6 强晋级，西班牙、意大利、葡萄牙等传统强队皆打道回府，C 罗等明星黯然退出世界杯。美洲球队崛起。

街边象棋剪影三首

2016 年 7 月

一

树下人喧弈正忙，蝉儿闭口鸟惊慌。

抬头举手将声起，大笑敲棋话语狂。

二

刀枪不见起硝烟，乱战连盘近午天。

买菜偷闲寻乐趣，家中苦等水频添。

三

气定神闲树下翁，排兵遣将守中营。

捋髯乐在逍遥事，做个天天不老童。

八哥儿（新韵）

2014 年 8 月

整日学舌兴致高，屋檐虽矮乐陶陶。

发财恭喜声声语，频为何人解寂寥？

七夕话七夕

2016 年 8 月

柔柔七夕爱情河，织女牛郎故事多。
溯本原来惊一叹，不贪乞巧恋笙歌。

北京老字号三首

2019 年 1 月

一　六必居

珍馐美味不足夸，总伴餐桌百姓家。
举箸何须常煮酒，酱香入梦醉京华。

二　同仁堂

济世岐黄五味方，择材选料用心量。
辨症祛病循医道，百草熬成一剂香。

三　内联升

一鞋踏破百年功，厚底千针纳几层？
足下能生云五彩，迈开大步走西东。

猪年说猪

2019 年 2 月

肥头胖耳步蹒跚，前世曾经一品官。
十二排行排十二，只缘肚大又心宽。

观垂钓

2019 年 7 月

不赏荷花看水花，岸边站立小娃娃。

垂丝一抖清波起，大喊爷爷钓个啥？

自嘲，为廿年后写小像

2019 年 11 月

瘦骨何曾利禄熏，诗书半卷说新闻。

自怜齿缺无人笑，漏下牢骚也不群。

垃圾分类有感

2020 年 6 月

万户千家细细分，厨余塑料旧衣裙。

投箱偶有疑难事，脑要多思嘴要勤。

北京老礼儿（三选一）

2020 年 7 月

二三叮嘱记分明，规矩心中礼数清。

忠厚传家才是宝，谦恭克己正身行。

苦瓜

2020 年 11 月

珍馐美馔惹人夸，酒烈才知此物佳。

苦辣酸甜谁最爱，千般滋味两盘瓜。

古风

房山行

2011 年 5 月

郊畿翠微连远峰，碧水潺溪绕山行。

物华天宝多锦绣，人杰地灵聚贤朋。

晓看房山天边月，昊天宝塔迎晨星。

龙骨山前传薪火，山顶洞中播文明。

千年余韵说今古，云居禅寺藏石经。

风清水静涟漪起，文化启智文化兴。

凤栖梧桐择良苑，巍巍昊天大学城。

房山新颜换旧貌，燕房携手皆双赢。

良乡八方来拓路，一路高歌走不停。

阑珊灯火万家照，城铁飞架又一功。

我恐长日路漫漫，挥手道别已至京。

刺猬河水穿城过，迎宾大道月季红。

溪岸垂钓多逸致，最美不过钓闲情。

长阳高楼拔地起，休闲生活小轩亭。

窦店园区逐绮梦，经济发展绘彩虹。

煤矸披绿展风采，绿色产业看转型。

钟乳石花吐娇蕊，洞府银狐羽化成。

巉岩幽谷闻天籁，拒马河畔水清清。

我看房良多发展，乡镇产业沐春风。

毫端饱蘸浓浓墨，人文房山再登程。

丰宁草原歌

2018 年 7 月

绿草绿草春来发，破土翠色皆嫩芽。

神驰鞍鞯久又久，骐骥千里昨夜走。

夏日沃野草正肥，今来坝上思绪飞。

苏武牧羊行塞外，前贤故事传代代。

征尘何止千骑嘶，一战功成建祭祠。

金帐穹庐琉璃盏，琵琶羌笛美人面。

离离原上草青青，太谷乐天满别情。

念此无多望青岑，放吟新阕了尘心。

初阳催得小花开，清风摇蕊引蝶来。

纤云弄姿天外天，须臾又作牛羊喧。

纵马还须绿野娇，飞鸿照影慰寂寥。

梦里老去疏狂客，方知画境非笔墨。

我有诗心与天长，借君牧歌共举觞。

【题解】丰宁草原位于河北省承德市丰宁县，是著名的旅游景区。

读中秋诗得句

2018 年 9 月

明月何皎皎，青云何缥缈。

山前洒清晖，露重浸百草。

婵娟舞霓裳，天街风不扫。

入梦举金樽，一轮玉魄小。

东坡问月明，诗吟月下鸟。

折桂手余香，轻姿多窈窕。

我醉明月前，君歌相思少。

水横人影斜，秋色弦外老。

清明祭祖

2001 年

清明节要祭奠先祖，一抔土，一杯清酒，一声呼唤……穿越千年的是不变的门风家训——"忠厚传家，诗书继世"，其实这也是中华民族赖以生存的根基。作歌一首记之。

祭先祖兮于清明，云低垂兮隐晨星。

登丘山兮思先祖，泪潸然兮追远情。

云水吟

2012 年 7 月

云水诗社，房山诗词爱好者之园地，每每相聚，论诗言词，推敲交流，乐在其中。传承诗词文化，为房山诗词呐喊前行，尽微薄之力。

京西岢巍数青峰，朝霞一抹映苍穹。

云水聚贤歌盛世，文风雅韵贯长虹。

诗词新韵多气象，竹枝沃土节节生。

古风着意描胜景，五绝吟诵向宾朋。

七律写尽人间事，词曲传唱作和声。

君不见浅吟低唱千古事，挥毫淋漓起飞鸿。

白描勾勒收眼底，工笔荷花振翅鹰。

勾皴点染山水色，写意酣畅云雾生。

闲步小径通幽雅，日月同辉映碧空。

山河壮丽歌不尽，几多诗词唱友情。

君不见一字徘徊几搔首，勾连成篇久难成。

推敲聚首众人力，指点迷津笑语中。

诗书一卷勤在手，抑扬顿挫任西东。

我叹房山多才俊，挥毫尽处起鲲鹏。

读范金生先生《霁月轩吟草》

2012 年 8 月

范金生，号枕石、谷积山樵、霁月轩主人。范先生诗词俱佳，结集付梓，赠余《霁月轩吟草》。挑灯夜读，先生才华横溢，聚于笔端，感而赋诗。

读史诵文爱诗篇，范君赠我霁月轩。

夜阑正是读书时，展卷扑面五千言。

久闻枕石人倜傥，曾经也是酒中仙。

自幼饱读圣贤书，腹有诗书笔惊天。

寒去暑来临碑帖，雕龙石砚亦磨穿。

登山览岳发浩歌，敢比古人留名篇。

诗海遨游荡轻舟，词赋徜徉向昊天①。

一吟人物又吟雪，再吟四时复吟川。

天地氤氲含紫气，蕙心纨质②映清泉。

霓裳羽衣唱盛世，笑语欢歌说房山。

读罢掩卷深深叹，我辈吟哦③自汗颜。

【注释】①昊天：苍天。昊，元气博大貌。②蕙心纨质：心灵如蕙草芬芳，品质似纨素洁白。比喻品行高洁。③吟哦：这里指写作诗词，推敲诗句。

北潞园健身广场观踢毽

2013 年 7 月

晨起健身广场行，半为锻炼半放松。
舞步轻盈随韵律，运拳阴阳太极功。
五人踢毽精湛艺，惹我驻足观分明。
人说踢毽是小技，我看此技使人惊。
忽如燕子掠水面，忽如狡兔戏苍鹰。
毽起高飞入九天，直上云天遏云停。
须臾掌声有余音，毽落碧海波涛腾。
沉毽不是寻常物，入海搏击五蛟龙。
毽子翻飞绕足舞，好似蜂蝶入花丛。
丹凤朝阳送蟠桃，倒踢金冠显威风。
观者高呼惊绝技，瞠目结舌几媪翁。
他人沉醉我独醒，低头不语看花红。
忽悟踢毽有真谛，有高有低似人生。
宠辱不惊随眼过，人生沉浮皆从容。

登泰山

2013 年 7 月

登泰山，望泰山，举头峰在缥缈间。
久闻五岳其魁首，岱宗巍峨天下传。

俯察仰观天地小，胸无块垒纳百川。
君不见伛偻提携不怠慢，步履不歇意志坚。
美眉带娇喘，稚子不畏艰。
老妪理斑鬓，翁叟拊苍髯。
妇孺耄耋尚如此，我辈拾级争向前。
君不见羲皇在此列仙班，飘忽鹤骑与鸾骖。
丹崖碧阁隐氤氲，祥云瑞霭罩峰巅。
琼花瑶草遍地现，招来彩蝶舞翩跹。
荡绿摇翠赏美景，万仙楼里做神仙。
驻足望远壑，旁眼野花鲜。
天公亦作美，碧霄数点帆。
须臾听虎啸，倏尔众鸟喧。
悬岩沁珠玉，鸟鸣水溅溅。
涧底生雾气，豪气荡心泉。
俄而天色变，天地云水翻。
骤雨急扑面，缆车难回还。
行者愁登顶，挑工向峰峦。
负重且不惧，游人相扶搀。
盛世享安逸，难得品熬煎。
今来登东岳，累后始觉甜。
忽而云俱散，涧底啼杜鹃。
凤翥山梁绕，鹰隼空中旋。
山风过耳际，雨霁花斑斓。
登泰山，步蹒跚，天子曾经来此山。
皇帝登山庆大典，只为权来不为闲。

祭天祭地得福瑞，始皇摄政天下安。

玄宗移驾题铭刻，千秋社稷赖封禅？

君不见摩崖碑碣处处是，磐石绝壁写赞言。

泰山之力出新语，风月题字缘无边。

五岳独尊瞰天下，登岳观海好行船。

欲登南天门，回首心胆寒。

石阶直上无蜿蜒，心怯股战不敢攀。

宜将胜勇登绝顶，一览天下晓人寰。

玉皇顶上人头攒，皆来此地揽仙山。

他人登顶看奇观，我是睹物思旧年。

君不见春秋战国齐鲁地，百年争霸起狼烟。

羽檄紧急从北来，天下万民皆不安。

诏令诸侯诛反叛，狂飙席卷不一般。

雷霆一击千军退，天风浩荡过九天。

仲尼率众倡仁爱，齐鲁自古出先贤。

思接千载万里路，人高为峰立山巅。

遥岑远目观不尽，汗涔犹在天地宽。

文玩核桃歌

2014 年 11 月

青岚雾霭润枝条，生长荒野避喧嚣。

张骞通使向西域，初入中原多寂寥。

虬龙衔珠献祥瑞，文玩名声冲云霄。

帝王将相爱仙果，康乾手盘乐逍遥。

八旗弟子风雅多，提笼架鸟盘核桃。

光阴流转传此物，次第花开尽妖娆。
掌中乾坤天地小，流行核桃健手操。
武盘按摩穴位暖，文盘雅趣品位高。
三冬两夏颜色变，红润玉质领风骚。
憨态玲珑仙界果，人间稀有其自娇。
此物怡情无可比，文玩诸人言凿凿。
常思文玩风雅事，一段姻缘连鹊桥。
霞云岭上山迢峣，虎头霸气无不晓。
门头沟里碧玉藏，苹果园是手中宝。
平谷盛产四座楼，一物难求惹烦恼。
河北美名南疆石，可惜品相精品少。
盘龙纹前人瞠目，龙纹纵横堪称妙。
公子频摇文人扇，达人显贵玩官帽。
鸡心秋子流传广，身尊还凭物件老。
百花山上满天星，贪睡不用起得早。
闷尖磨盘上色快，众人拍手皆称好。
狮子回头望大千，芸芸众生笑一笑。
高桩矮桩人人爱，环肥燕瘦考一考。
君子独钟不离手，掌中太极日月绕。
健身忘忧又醒脑，快哉乐哉循此道。

【注释】文玩核桃著名品种及产地有：虎头（产地房山霞云岭）、苹果园（产地门头沟）、四座楼（产地平谷）、南疆石（产地河北）、满天星（产地百花山）。此外还有盘龙纹、公子帽、官帽、鸡心、秋子、闷尖磨盘等品种。文玩核桃又分为高桩和矮桩，现在矮桩大行其道，价钱相对较贵。

琉璃河石桥

2016 年 7 月

嘉靖琉璃古石桥，敕修于今听喧嚣。

巍巍青山衔云远，一河向东水滔滔。

桥上条条印痕深，似见当年车马人。

两岸绿树藏鸣蝉，长虹倒挂水中天。

商贾行者接踵去，圣水石桥美名传。

良乡八景多烂漫，燕谷长桥古今赞。

马蹄声碎踏晓月，晨露浸润欺花色。

樵夫山歌唱晚风，几人应和几人同。

雪压一枝满梨花，羁途客旅处处家。

京南要隘水患多，历经百年话蹉跎。

几经修复正当时，惠及百姓谁不知。

长桥久作车马度，菩提一念无一物。

立碑记事事不朽，年年岁岁流传久。

赑屃凝神望远方，蛙声阵阵唤螭首。

马上将军轿里侯，布衣鸿儒诗文留。

凭栏览秀听鸟语，通衢总有阳关曲。

暮色流岚伴桥飞，长堤绿柳映斜晖。

涛声不闻水渐小，石桥卧波千年好。

毫端句涩难书怀，大房山下听画角。

【题解】琉璃河石桥，位于北京市房山区琉璃河镇，建于明朝嘉靖年间。自古琉璃河石桥"为朝宗孔道""京南要隘"，立有修建琉璃河的三块石碑，即《敕修琉璃河桥堤记》《敕修琉璃河桥记》《敕修琉璃河桥海潮观音庵碑记》。

丙申与学生游圆明园

2016 年

大清王朝正巅峰，恩加海外是乾隆。

东方大陆凡尔赛，人类建筑集大成。

封建文明之王冠，璀璨明珠圆明园。

荟萃古今之中外，万园之园呈娇态。

晓月兮似钩，短廊兮似舟。

祥云兮轻飘，春花兮妖娆。

蟠龙兮绕柱，碧液兮盼顾。

何其辉煌，大国泱泱。

英法联军一把火，百年耻辱空寂寞。

西洋楼前无歌舞，繁华尽去皆焦土。

似有当年琵琶声，刀枪不举马不鸣。

又似烈焰照九洲，硝烟漫漫使人愁。

百年多罹难，壮士望长天。

悲凄叹国殇，我辈当自强。

知耻而后勇，共圆中国梦。

【题解】圆明园是清代大型皇家园林，位于北京市海淀区，始建于康熙末年，有"万园之园"之称。1860 年，圆明园遭英法联军洗劫并烧毁，故址现为圆明园遗址公园。

琴歌

2021 年 6 月

弦上天籁弦上生，丝桐浅韵韵无穷。

一局纹枰醉雅士，一张古琴启新程。

初弹白云动，再弹碧波迎。

三弹万籁静，四弹红尘空。

逶迤六七里，婉转娇媚披彩虹。

飞瀑七八丈，山深春晚曲初成。

十里忘机处，长亭又短亭。

古调传世堪作赋，春秋战歌曰号钟。

余音袅袅绕梁后，绿绮南窗伴香茗。

访客禅心老，焦尾伴疏星。

高山流水知音现，树木葳蕤琴自鸣。

采菊东篱思远岫，江上楚子望飞鸿。

舟前婆娑垂细柳，楼高不觉月华清。

春山岂阻岭前路，纤手飞弦花低容。

琴兮琴兮知者在，凤翥龙翔作和声。

我有丹青难入画，我有佳音与谁听？

烟缈缈兮雅趣，霞灿灿兮舟中。

素琴鸿儒聚陋室，司马瑶琴几多情。

琴兮琴兮知者在，公孙翩翩舞青锋。

琴兮琴兮知者在，弦能舞剑剑无形。

大漠雄浑开气象，摇曳渐觉塞外风。

听君弹一曲，指上旌旗百万兵。

阑珊灯火里，书趣几窗明。

闲作古今调，举樽与君倾。

读凸凹先生为谭泽先生诗集序，有感作歌（新韵）

2020 年 1 月

峻岭逶迤山婀娜，柴篱曲径绕村郭。

京西文脉传承久，卷卷篇章卷卷歌。

繁衍生息民风朴，笔底乾坤璀璨多。

推敲月下千年寺，吟咏诗中含苞荷。

道义在肩凭肝胆，珠玑皆是字字磨。

情因故土文风盛，翰墨流香有家国。

风光都向丹青笔，一潭深水披大泽。

【题解】凸凹，本名史长义，著名作家，房山区文联主席，北京市文联理事，中国作协会员。著有长篇小说《慢慢呻吟》《大猫》《玉碎》《玄武》等。

跋

　　每个人都曾经怀揣少年梦想，在自己的一片天空任由梦想飞翔。我上学的年代，特别是在懵懂的年龄，其实梦想并不真切，它是虚无缥缈的，我甚至不知道自己的梦想是什么。我喜欢读书，认为读书就是一件很好的事情，现在想来，这可能就是我的梦想。在所读的书中，尤其爱读一些古典诗词。

　　在那个物质生活还不是很丰富的年代，我们要想读一本书，特别是古体诗词的书，那是可望而不可及的。家里除了我们上学的课本，好像就没有适合我阅读的书，但有一本叫《花卉》的书进入了我的视野。这是一本介绍花草习性、药用价值，还有花草栽培方法的书。唯一让我高兴的是这本书介绍了一些中国古人对花的赞誉，主要是引用了一些古诗词。书里写月季，就引用宋朝杨万里的诗："只道花无十日红，此花无日不春风。一尖已剥胭脂笔，四破犹包翡翠茸。别有香超桃李外，更同梅斗雪霜中。折来喜作新年看，忘却今晨是季冬。"写牡丹，就引用唐朝刘禹锡的诗："惟有牡丹真国色，花开时节动京城。"这些诗让我觉得文字比花还要美丽！我如获至宝，特别爱翻看这些诗词，不知不觉就会背诵里边的诗词了。

　　除了这些诗，上课老师要求背诵和不要求背诵的诗词，我都主动背下来。这种自觉，形成了一种自律，也就是一种爱好。我现在还清楚地记得，和小伙伴们在一起时，大家比谁背诵的诗词多，我会背的花草诗词让我"大放异彩"。小伙伴们虽然没有听过，但朗朗上口、"精致"的语句、和谐的韵律，让他们判定，我背的就是古诗，小伙伴们都投来羡慕的目光……

记得一个午后，去小伙伴家玩儿，第一次看到了朝思暮想的书——《唐诗三百首》。我贪婪地快速翻阅着，发现世界上还有这么好的一本书，虽然里面好多字不认识，但这并不妨碍我阅读的快乐！我第一次读到了李白的《将进酒》，第一次读到了杜甫的《望岳》……诗集里的那些没见过的诗深深地吸引着我，那些文字让我觉得那才是诗。但小伙伴是不会把这么"金贵"的书借给别人的，那我只能在他家里读。我快速阅读着，在诗的国度里徜徉……我深深沉醉在诗词的海洋之中不能自拔。

这个阶段是我小学五六年级的时候，我如饥似渴地阅读，向同学借一些能借到的书，发现里面有古诗词，就抄写下来，这种爱好让我对古诗深深着迷，也埋下了我以后创作诗词的种子。

我的家乡在南窖，那时候还被称为南窖公社，是由好几个自然村组成的。公社每年都要组织篮球比赛，除了几个村的篮球队以外，还有卫生院、粮站、供销社……篮球队，加起来也有十来支队伍。比赛的时候，那场面真是人山人海、红旗招展、彩旗飘扬，山前岭后的男女老少围满了操场，是南窖盛大的节日。记得有一年运动员代表上台讲话，上来就是一首定场诗："猫儿山下红旗飘，南窖人民斗志高。"在人们好像不怎么注重文化的那个年代有这样的诗，我惊为"神句"。在外界潜移默化的影响下，我对诗产生了更浓厚的兴趣。

原来诗也是可以自己写的。没有老师教，可以自己练习写。我觉得模仿是最好的方法，也是最好的老师，我写诗就是从仿写开始的。上初中正赶上开始学习英语，这是个新事物，我对这个不"感冒"。别人背单词，我趴在桌子上突然想起《花卉》里面有一首宋人王十朋描写茉莉的诗，诗曰："茉莉名佳花亦佳，远从佛国到中华。"我的灵感立刻来了，刷刷几笔，第一首诗就这样诞生了："英语名佳用不佳，远从异洲到中华。他日中文强盛时，华语随之播天涯。"这是我当时所写，如实抄录下来。现在大家都知道，学习英语还是很重要的，这里只说诗词。这首不是诗的诗打开了我写诗的大门，一个全新的诗词世界召唤着我……

　　我上学时教室是固定的，学生是流动的。初三年级毕业了，我们初二年级就搬到了他们的教室，这就是我们的新家了。初三的学习我觉得还是很快乐的。那个年代大多数人还没有积极向上、读书改变命运的学习劲头，愿意学习的学习，不愿意学习的就在自己的"一亩三分地"玩儿。一根小细棍也能玩一上午，要不就是在纸上画小人儿，但是后来我同学里没有一个植物学家，更没有出现一个画家，看来兴趣和后天的职业也不是相辅相成的。这句是笑谈，大家不要当真。那时我学习累了的时候，总是先环顾四周，看着大家都有事情做，我就只能写我的诗了。记不清是哪个课间了，听学长们说去年中考不好考，这个教室没考出去一个，想到这儿，我不但没有气馁，反倒还有了写作的冲动。我忽然灵光乍现，想起崔护的诗："去年今日此门中，人面桃花相映红。人面不知何处去，桃花依旧笑春风。"多么好的诗呀，不管内容，借句怡情，继续写我的诗："去年今日此门中，无一断锁走蛟龙。凛凛一室出师表，堂堂几人敢弯弓！"

　　随着知识的增长，我发现所写的也不算是什么诗，也可以说不能完全称为诗，我所谓的诗充其量比儿歌强点儿，只不过是一些顺口溜儿，或者是打油诗。我渴望对诗有更深入的了解，解决长期在大脑里来回"展现"的一些问题：诗除了押韵，还有哪些要求？怎么古人有的诗长短不一？诗的格律是什么？一系列问题在脑海萦绕，挥之不去。这些问题由于物质条件所限、自身知识所限让我无所适从。后来不知道什么时候我知道了平仄，还知道了格律诗是有平仄关系的。那时不像现在有互联网，网上书店里就能找到各种学习古诗写法的书。由于没有老师解惑，我只能自己摸索，我找了几首脍炙人口的绝句都标注出平仄，结果一看，我更糊涂了，怎么没有规律呀？许多年以后我才明白，绝句有四种格式，每种格式不尽相同。在一些诗里，古人在创作时还用了拗救的方法；此外，古人写诗用的是平水韵，发音和声调同现代语音相去甚远；还有诸如"一三五不论，二四六分明"等等说法（这个口诀不完全正确）。混乱的格律，凌乱的思绪，让我一头雾水，不知所措。那时学习写诗好想按照古人的规则写一写，但是没有参考的标准，让我苦恼不已。现在想一想，那时真是有学习的劲头。正是不断的研究摸索，给我以后写诗打下了基础。

　　后来在大学里，我学习了更多的诗词文化知识，以前好多问题迎刃而解了。但是在那个知识爆炸的年代，"新鲜"的知识吸引着我，我除了学习文化知识外，更多的外界刺激，让我兴奋着、快乐着。在那个年代，年轻人开始迷恋摇滚乐，崔健《一无所有》的呐喊、唐朝乐队《梦回唐朝》的激越，重金属的敲击震撼着年轻的心，让人们不由自主地舞动起来……也是在那时，我系统地接触到了现代作家的诗歌，徐志摩《再别康桥》的柔波、戴望舒《雨巷》唯美的意境，让我感受到现代诗歌的魅力。再后来的舒婷、北岛、顾城、海子等一大批诗人的作品深深地影响着我。在学习中，我乐此不疲。这个时候，我也接触到了王力教授的《诗词格律》，对诗词也有了全新的认识。但是我没有了诗词写作的冲动。再后来离开校园，步入社会，每天面对的是忙碌的工作、紧张的生活。其间断断续续写了一些诗词，也没有什么突破，但是这个时期是我文化知识和社会知识的积淀期，从另一角度也可以说是我诗词写作的蛰伏期。

　　我诗词写作真正步入正轨，是加入云水诗社后。在云水诗社，得到冯绍邦、颜景河、姜玉卉、谭泽、林宗源、范金生、宋家骧、崔育文、赵思敬、马宏侠等许多先生的帮助。诗社的氛围，让我不断成长，不断进步。冯绍邦先生和宋家骧先生如今已经驾鹤西去，但我还不时记起他们的叮嘱，记起他们执着于诗词的热情。冯绍邦先生曾经在诗社活动时说，诗人有两条命，一条是自然的生命，一条是文学的生命，我们要把生命活出精彩。这句话深深地影响着我。宋家骧先生在生命的最后阶段，爆发出极大的诗词热情，先后结集了《大房山樵歌》《碎陶集》《人间草木词》等有影响的诗集，留给我们宝贵的诗词财富。所有这些都激励着我在诗词的道路上坚持走下去。

　　刚参加云水诗社活动时，我不能理解大家在休息日还聚在一起研讨诗词，这不是浪费时间吗？而且大家讨论一首诗，你一言我一语，有时还形成了不同意见，甚至还争得面红耳赤。在那个时候我觉得没有必要，大家发个短信不就行了吗！参加了几次研讨活动后，我逐渐尝到了甜头，慢慢悟出这是提高诗词写作最好的方法，也逐渐理解了什么是真正的"推敲"。正是在这种氛围当中，诗社涌现出一大批成熟的诗词作品。社长冯绍邦先生的"转身如转世，来日即来生"堪称经典之句，是诗社成员学习的榜样。耳濡目染，先生们的诗词激励着我，鞭策着我，让我能俯身审视自己的不足。我从书架上找出尘封已久的《唐诗三百首》，学习《云水诗抄》中先生们的作品，学习平水韵的韵部，重新认真阅读《诗词格律》……其间，我写出了歌颂祖国大好河山的古风作品《登泰山》，写出了《老屋情》的不尽乡愁。

在学习诗词的过程中，我得到了张力夫先生、田麦久先生、张桂兴先生的指导。其实诗词往往就是一两句话的点拨，就能点醒梦中人，会对诗词创作有很大的提升。这段时间，我利用业余时间参与了一些公益活动，根据不同活动主题，用诗词的形式向社会传递文化的声音，因为我相信，诗词也有力量！

人们常说"读万卷书，行万里路"，这句话很有道理。大部分人旅游除了欣赏美景，也就是想开阔眼界。大多数旅游者是走马观花，到处看看，拍拍照片，发个视频，或者发发感慨，赞叹山河的雄伟壮丽。我开始也这样，后来发现用诗词的形式记录下来自己的感悟，这种形式很有意义，而且古人就留下了大量这样的诗词；还有一个好处就是能快速提升诗词的写作水平。

我写了《过晋祠》：

叔虞一叶始封唐，悬瓮山前晋水长。

周柏犹青遮雨细，名泉不老润莲香。

古今寂寞瑶芳落，多少繁华苑囿藏。

赏客凭栏空咏叹，千年韵致自文章。

写了《戊戌过避暑山庄》：

芳菲一去物华何？御苑兴衰逐逝波。

琥珀留香擎玉盏，琉璃照影对宫娥。

千门翠径喧嚣少，九陌红尘寂寞多。

但见烟云皆是梦，唯余岁月待消磨。

写了《陪同北京诗词学会众诗家参观西周燕都遗址博物馆》：

商周远去散尘烟，华夏文明一脉牵。

董鼎铭辞留故事，漆罍纹饰记先贤。

岚峰月照封疆后，岫壑云开落日前。

梦锁乾坤灯火里，春潮声外越千年。

其实，在生活当中，我们用诗词来表达感情是一种很好的方式。我在《听黄晓丽老师京剧唱段与朗诵有感》中写道：

玉指兰花四尺筝，轻音一曲可倾城。

痴心不舍千般韵，高亢低昂此处生。

在《贺香山诗社春泽斋放歌》中写道：

浪漫诗心向旭阳，聚贤吟咏雅音长。

南风惬意催新梦，十里荷塘韵律香。

我通过写诗赠诗的形式，不但拉近了人和人之间的距离，加深了友谊，而且在无形中传播了传统诗词文化。

就像我在诗后的"题解"当中经常注明这首诗赠给某某人。这其实不是我在自我炫耀，而是想通过这种方式传播传统诗词文化，发扬光大传统诗词。我的许多诗词被书法家写成书法，赠送给别人。用书法这种形式表现出来，我的初衷就是想更好地传播诗词文化。因为一首诗，你读给人听，赠给某一个人，他可能转身就忘了；用笔写在一张普通的纸上，他也可能随手就丢掉了；用书法这种形式，他可能装裱起来，挂在屋里，或是珍藏起来，就使这首诗无形中有了生命力。其实这就是诗词的一种传播途径，让诗词有了知音，便于更好地宣传传统诗词文化。在文化发展日新月异的今天，要让传统诗词走进千家万户，焕发应有的青春活力。

我最大的愿望就是尽我所能宣传诗词文化，让更多的人了解古体诗词，学习古体诗词，欣赏漫漫文学星河中这颗最璀璨的明珠。

就写到这里吧，是大家的帮助和支持，让《抱朴居诗稿》得以面世。最后，我要感谢在诗词路上帮助过我，指导过我，帮我释疑解惑的老师、朋友，让我在学习诗词的这条路上坚持走下去。

果志京
2021 年 8 月于京华抱朴居